少年探偵　11

灰色の巨人

江戸川乱歩

もくじ

昔話の魔法	6
言い回しの魅力	12
ことばのリズム	21
文字と絵	24
語り口調といきまの間	30
耳で聞く挿絵	35
ヨーロッパ絵本事情	41
アメリカの絵本	49
ロシアの絵本	53
絵本のメッセージ	57
絵本の魅力あれこれ	64
絵本の中の主人公	68
絵本の作り手	72

装丁・藤田新策

さし絵・佐竹美保

少年探偵

灰色の巨人

江戸川乱歩

志摩《しま》の女王

東京《とうきょう》のまん中にある有名《ゆうめい》なデパートで、宝石《ほうせき》てんらん会がひらかれていました。そのデパートの美術部主任《びじゅつぶしゅにん》が大活動《だいかつどう》をして、日本じゅうの名のある宝石をかり集《あつ》め、五階《かい》のてんらん会場に、きらびやかに陳列《ちんれつ》したのです。

むかしの華族《かぞく》*1や各地方《かくちほう》の名家《めいか》の、だいじにしている宝石類《ほうせきるい》が、日本にもこんなに宝石があったのかと、おどろくほど集まったのです。宮《みや》さまからの出品《しゅっぴん》もいくつかありました。

集まった宝石の中には、じつに、いろいろな美術品《びじゅつひん》がありました。ダイヤモンドやルビーをちりばめた、ヨーロッパのある国の王冠《おうかん》、みごとなダイヤでふちかざりをした、イギリス製《せい》の置時計《おきどけい》、サファイアをちりばめた黄金《おうごん》の手箱《てばこ》などから、日本の勾玉《まがたま》、中国の白玉*2の美しいさいくものなど、まるで、きらめく星にかこまれたような陳列室《ちんれつしつ》でした。

そこに集まった宝石は、ぜんぶで何《なん》百億円《おくえん》というおそろしいねうちのもので、その中の一つでもなくなったり、ぬすまれたりしたらたいへんですから、陳列室には厳重《げんじゅう》なかこいをして、時間以外《じかんいがい》は出入り口にかぎをかけ、そのかぎは、デパートの美術主任が、はだみはなさず持っていることにしました。また、陳列室のまわりには、もと警視庁《けいしちょう》の腕《うで》ききの

*1 公爵《こうしゃく》・男爵《だんしゃく》など、爵位《しゃくい》を持つ人とその家族。明治政府によって始められ、第二次大戦後廃止された　*2 真珠のこと

刑事《けいじ》だった人たち十人をたのんで、夜も昼も見はりをしてもらいました。

陳列室《ちんれつしつ》へはいる客《きゃく》も、一時に五十人ときめて、あとの人は、部屋《へや》の入り口に列《れつ》をつくって、待ってもらうことにしました。

ですから二つの出入り口だけでも、十人の店員《てんいん》が立ち番をつとめていましたし、陳列室の中にも、ガラスばりの陳列台《ちんれつだい》二つにひとりのわりあいで、女店員《じょてんいん》が見はり番をしていました。

陳列室の正面《しょうめん》には、ひときわ大きな陳列棚《ちんれつだな》がおかれ、そのガラスばりの中の黒ビロードのりっぱな台の上に、三つの宝物《ほうもつ》がならんでいました。左側《ひだりがわ》はダイヤをちりばめた置時計《おきどけい》、右側《みぎがわ》はダイヤとルビーの王冠《おうかん》、そして、そのまん中には、高さ二十センチほどの、つぶよりの真珠《しんじゅ》を、何千と集《あつ》めてこしらえた三重の宝塔《ほうとう》が、月光殿《げっこうでん》のように、いぶし銀《ぎん》にかがやいていました。

この真珠塔《しんじゅとう》は、三重県《みえけん》の有名《ゆうめい》な真珠王《しんじゅおう》が出品《しゅっぴん》した「志摩《しま》の女王」という、とてもりっぱでめずらしい品物《しなもの》で、今から二十年も前に、東京《とうきょう》でひらかれた大博覧会《だいはくらんかい》に、出品するためにつくられたのですが、その博覧会で、フランスから日本まで遠征《えんせい》してきた怪盗《かいとう》アルセーヌ・ルパンが、この真珠塔をぬすみだし、名探偵明智小五郎《めいたんていあけちこごろう》が、大冒険《だいぼうけん》のすえにとりもどしたという、いわくつきのたからものでした（そのお話は『黄金仮面《おうごんかめん》』という本に書いています)。

東京都民《とうきょうとみん》は、新聞やラジオで、そのことを知っていましたので、この真珠塔《しんじゅとう》「志摩《しま》の女王」は、陳列室第一《ちんれつしつだい》の人気ものとなり、人々は、部屋《へや》にはいると、まず真珠塔をさがし、そのガラス箱《ばこ》の前に立って、美しい宝塔《ほうとう》に見とれたまま、いつまでも動《うご》かないのでした。

ある朝のことです。デパートが、まだ玄関《げんかん》の大戸をひらいたばかりのころ、デパートの事務所《じむしょ》へ、「志摩の女王」の出品者《しゅっぴんしゃ》である有名《ゆうめい》な真珠王《しんじゅおう》その人が、ひとりの若《わか》い背広《せびろ》の男をつれてたずねてきました。デパートではおどろいて貴賓室《*きひんしつ》に通し、支配人《しはいにん》がもてなしをしました。

「きのう上京《じょうきょう》したので、おたずねしました。じつは、ちょっと、おねがいがあるのでね。」

和服《わふく》すがたの真珠王は、八十歳《さい》の老人《ろうじん》とは思われぬ元気な声で、にこにこしながらいうのでした。

「はい、どういうご用でございましょうか。」

支配人《しはいにん》が、うやうやしくたずねました。

「じつは、あの真珠塔の真珠が、ひとつぶだけきずになっているのです。出品をいそがれたので、ついそのまま出してしまいましたが、どうも気になってしかたがない。それで、

＊身分の高いお客をもてなす部屋

こんど上京《じょうきょう》するのをさいわい、腕《うで》ききの職人《しょくにん》をつれてきました。これが松村《まつむら》というわしの工場のだいじな職長《しょくちょう》です。これに、そのきずついた真珠《しんじゅ》を、とりかえさせようと思いましてね。……使《つか》いのものでも用はたりるが、わしがこないと、ご信用《しんよう》がないだろうと思ってね。じつは、わざわざ出むいてきたわけです。」

「では、ここでおなおしくださるのですか。」

「そうです。この部屋《へや》で、あなたの目の前で、なおさせます。ただ、真珠塔《しんじゅとう》を、ここまで持ってくればよいのです。松村君《まつむらくん》、この支配人《しはいにん》さんといっしょに、陳列室《ちんれつしつ》へいって、塔をここへはこびなさい。」

そこで、支配人は、松村という真珠職人《しんじゅしょくにん》をつれて、五階《かい》の陳列室へいそぎました。

まだ大戸をひらいてまもなくですから、陳列室には、客《きゃく》の姿《すがた》はひとりもなく、出入り口の番をする店員《てんいん》たちが立っているばかりです。支配人は店員たちに、

「ちょっと修繕《しゅうぜん》をするので、真珠塔を貴賓室《きひんしつ》まで持ちだすから。」

とことわって、ポケットから出したかぎで、ガラス棚《だな》の戸をひらきました。

職長の松村は、そこから、ビロードのケースごと真珠塔をとりだし、だいじそうに両手《りょうて》にさげて、支配人といっしょに陳列室を出ました。

ふたりは、まだ客のまばらな五階の売り場を通りすぎ、大階段《おおかいだん》のところへきました。支

配人はその階段《かいだん》を、下の貴賓室《きひんしつ》のほうへおりていきます。あとにしたがった松村《まつむら》も、そのほうへおりるのかと見ていますと、彼《かれ》はとつぜん、上へのぼる階段にかけより、あっと思うまにおそろしい速《はや》さで、そこをかけあがっていくのです。支配人《しはいにん》は、五、六段おりたところで、やっとそれに気づきました。

「あっ、松村さん、ちがう、ちがう、上じゃありません。こっちですよ。」

おどろいて五、六段上にもどって、うしろからよびかけましたが、松村はふりむきもしないで、もう上の階段をのぼりきって、かどをまがり、姿《すがた》が見えなくなってしまいました。

「おうい、そっちじゃないというのに。」

支配人は顔色《かおいろ》をかえて、松村を追《お》って階段をかけのぼりました。しかし、あいては、じつにすばやくて、支配人が六階にのぼったときには、もう七階にいました。そこは屋上《おくじょう》なのです。

「おうい、みんなきてくれ。真珠塔《しんじゅとう》を持った人を、つかまえてくれ!」

どなりながら屋上に出ました。その声を聞きつけて、店員《てんいん》たちが集《あつ》まってきます。五階の警戒《けいかい》にあたっていた元刑事《もとけいじ》たちも、おくればせにかけつけてきました。

支配人は屋上庭園《おくじょうていえん》に出て、キョロキョロとあたりを見まわしましたが、松村の姿は、どこにも見えません。

屋上《おくじょう》も、まだ客《きゃく》はまばらでした。黒い背広姿《せびろすがた》で、真珠塔《しんじゅとう》の大きなケースをかかえている松村《まつむら》が、見つからないはずはないのです。店員《てんいん》や元刑事《もとけいじ》たちは、広い屋上を、あちこちと走りまわり、人のかくれそうな場所《ばしょ》は、のこりなくしらべました。しかし、松村の姿は発見《はっけん》されないのです。

「べつの階段《かいだん》から、下へ逃《に》げたのじゃないか。そっちの階段をしらべてくれ!」

支配人《しはいにん》が、声をからしてさけびました。

一団《いちだん》の店員が、その階段をかけおりていきます。そのとき、屋上にのこっていた、ひとりの店員の口から、とんきょうなさけび声がほとばしりました。

「あれっ、あすこだっ。あんなところに、ぶらさがっている。」

店員は空を指《ゆび》さしていました。みんなの顔が、いっせいにそのほうを見あげました。ああ、なんという、はなれわざでしょう。松村は空中にかくれていたのです。みんな屋《おく》上庭園《じょうていえん》ばかりをさがしていて、まさか松村が空に浮《う》いていようとは、すこしも気がつきませんでした。

空《そら》飛《と》ぶ巨《きょ》ゾウ

そのデパートの屋上《おくじょう》の空には、巨大《きょだい》なビニールのゾウが飛《と》んでいました。アドバルーンなのです。ほんもののゾウの二倍《ばい》もある大きなゾウが、屋上から綱《つな》でつながれて、高い空にふわふわとただよっていました。

松村《まつむら》はそのアドバルーンの綱をよじのぼって、空中にぶらさがっていたのです。

元刑事《もとけいじ》や店員《てんいん》たちは、「わあっ」といって、その綱のまきとり機《き》のところへ、かけよりました。松村をつかまえるのは、わけはありません。まきとり機をまわして、アドバルーンを、引きおろせばよいのです。

空中にぶらさがった松村は、いつのまにかビロードのケースをすてて、真珠塔《しんじゅとう》だけを黒い大きなふろしきにつつみ、それを自分の首にくりつけて、両手《りょうて》で綱をたぐりながら、上へ上へとのぼっていきます。

「そら、みんなで、これをまくのだ！」

元刑事のひとりが、大きな声で号令《ごうれい》をかけ、自分もまきとり機のハンドルにとりついて、エッサ、エッサとまきはじめました。店員たちも、それにならって、ハンドルをにぎり、おおぜいが力をあわせて機械《きかい》をまくのです。

巨《きょ》ゾウのアドバルーンは、ユラユラゆれながら、だんだんおりてきました。

綱《つな》にすがった松村《まつむら》は、それを知ると、いっそう速度《そくど》を速《はや》めて、上へ上へとのぼっていきます。そして、もうゾウの太い足のところまで、のぼりつきました。

しかし、いくらのぼっても、ゾウのところでおしまいです。そのゾウは、綱でぐんぐん屋上《おくじょう》へ引きよせられているのですから、逃《に》げようとて、逃げられるものではありません。

綱の長さは、もう半分ぐらいになりました。店員《てんいん》たちは、いっしょうけんめいです。エッサ、エッサと、かけ声をしながら機械をまわしています。

綱は三分の一になり、四分の一になり、ガスではりきったビニールのゾウが、おそろしい大きさに見えてきました。松村は、そのゾウの腹《はら》のところに、すがりついています。真《しん》珠塔《じゅとう》をつつんだふろしきは、やっぱり首にくくりつけたままです。

「さあ、もう、ひといきだ。がんばれっ！　すぐに真珠塔は、とりもどせるぞ！」

元刑事《もとけいじ》のかけ声に、店員たちは、いっそう、力をこめて機械をまわしました。

そのときです。あっと思うまに、ハンドルにとりすがっていた店員たちが、みんな、しりもちをつきました。ハンドルがきゅうに軽《かる》くなって、からまわりをしたからです。

びっくりして空を見あげると、ビニールの巨ゾウは、はりきったガスの力で、もう五十メートルも飛《と》びあがっていました。そして、風のまにまに、フワフワと東のほうへ飛びさっていくではありませんか。

綱《つな》が切れたのです。いや、ゾウの腹《はら》にとりすがっている松村《まつむら》が、ナイフを出して、綱を切ったのです。

見ると、ゾウの腹の下に、ハンモックのようなものがとりつけられ、松村はその上に寝《ね》そべって、下界《げかい》を見おろしながら、右手をひらいて自分の鼻先《はなさき》にあて、さもばかにしたように、ヘラヘラと動《うご》かしています。「ここまでおいで」といわぬばかりです。

切れた綱を見ますと、四十センチおきぐらいに、むすび玉がこしらえてありました。松村はそれに足の指《ゆび》をかけてのぼったのです。このむすび玉も、ゾウの腹のハンモックも、夜のうちに、だれかが、つくっておいたものにちがいありません。

その日は、西北の風が、そうとう強くふいていたので、ビニール風船の巨《きょ》ゾウは、高い空を東南にながされて、みるみる小さくなっていきます。やがて、松村の姿《すがた》が肉眼《にくがん》では見えなくなり、それから、巨ゾウの姿さえも、豆《まめ》つぶのように小さくなってしまいました。

支配人《しはいにん》は、そのときまで、ぼんやり空をながめていたわけではありません。綱がはんぶんほどに引きよせられたとき、ふと、そこへ気がついて、あわてふためいて、屋上《おくじょう》のエレ

ベーターの前にかけつけ、しきりにボタンをおすのでした。貴賓室《きひんしつ》に待たせてある真珠王《しんじゅおう》に、このふいのできごとを知らせるためです。

エレベーターで二階《かい》におり、貴賓室にとびこみますと、ここにもまた、あっというようなことがおこっていました。

貴賓室はからっぽだったのです。女の給仕《きゅうじ》さんにたずねても、いつ出ていかれたのか、すこしも知らないということでした。

「さては、あの真珠王は、にせものだったのかもしれないぞ。」

支配人《しはいにん》は、まっさおになって電話機《でんわき》にとびつき、真珠王の東京《とうきょう》の店をよびだしました。そして、真珠王が上京《じょうきょう》しておられるかどうかを聞きますと、先方の店員《てんいん》はびっくりしたような声で、

「いいえ、社長はおくにのほうですよ。しばらく東京へはこられません。ちかくこられるようなお話もありません。」

と、はっきり答えました。

これでもう、さっきの真珠王が、にせものだったことは、まちがいありません。松村《まつむら》という職長《しょくちょう》も、むろんにせものです。

支配人は真珠王に、一、二度《ど》しか会ったことがありませんので、にせものと、見やぶれ

なかったのです。まさか八十歳《さい》のにせものの老人《ろうじん》がやってこようとは、夢《ゆめ》にも思わなかったので、ついだまされたのです。それにしても、この替《か》え玉《だま》は、じつによくにていました。じっさい年も八十ちかい老人にちがいありません。口のききかたなどもりっぱで、まさか、これがにせものとは、どうしても思われなかったのです。

ずっと、あとになってわかったのですが、このにせの真珠王《しんじゅおう》は、賊《ぞく》のなかまではなくて、七十いくつのくず屋《や》さんが、五万円*のおれいでやとわれ、賊におしえられるとおりのことを、やったばかりでした。ほんとうの賊は職人《しょくにん》にばけた松村《まつむら》のほうでした。それなればこそ、風船の綱《つな》を切って、どことも知れずふきながされるような冒険《ぼうけん》もやってのけたのです。

しかし、巨《きょ》ゾウの風船は、どこまで、ふきながされていくのでしょう。西北の風ですから、まもなく品川《しながわ》から、お台場《だいば》をすぎて、東京湾《とうきょうわん》にながされていくでしょう。そして、気《き》球《きゅう》の中のガスは、だんだんもれていって、ついには太平洋《たいへいよう》の海の中へ落《お》ちてしまうでしょう。そばを船が通ればよいけれども、広い広い海の上です。とても、そんなうまいぐあいにはいきません。松村と名乗《なの》る怪盗《かいとう》は、海におぼれて死ぬほかはないのです。彼《かれ》は、なにを思って、こんなむちゃな冒険をやったのでしょうか。

巨ゾウの風船が、デパートの空に飛《と》びあがって、だんだん小さくなっていったころ、元《もと》

＊ 現在の五十万円

刑事《けいじ》のひとりが、警視庁《けいしちょう》の捜査課《そうさか》へ電話をかけて、この事件《じけん》を報告《ほうこく》しました。

それを聞くと、警視庁では捜査《そうさ》一課長《かちょう》をとりまき、三人の係長《かかりちょう》があわただしい会議《かいぎ》をひらき、大急《おおいそ》ぎで方針《ほうしん》をきめました。警視庁内《けいしちょうない》の広場に待機《たいき》している警察《けいさつ》ヘリコプターに、犯人《はんにん》ついせきの命令《めいれい》がくだったのです。

ヘリコプターには、操縦士《そうじゅうし》と機関士《きかんし》のほかに、銃《じゅう》と双眼鏡《そうがんきょう》を持った警部《けいぶ》がのりこみました。

風船の綱《つな》が切れてから、もう三十分もたっていましたが、風船は風だけで飛《と》ぶのにくらべて、ヘリコプターは、風とプロペラと両方《りょうほう》で飛ぶのですから、風船においつけないはずはありません。

ヘリコプターは警視庁《けいしちょう》の上空五十メートルにのぼり、風のふく方向《ほうこう》へ、全速力《ぜんそくりょく》で飛びました。機上《きじょう》の警部《けいぶ》は、双眼鏡《そうがんきょう》を目にあてて、しきりに空中をさがしています。

やがて、ヘリコプターは、東京《とうきょう》の町をはなれ、品川《しながわ》の海に出ました。もうお台場《だいば》が目のしたに見えます。

「あっ、いた、いた。あすこを飛んでいる。千メートルかな。八百メートルぐらいかな。ほら、肉眼《にくがん》でも見えるだろう。この方向だ。全速力を出してくれたまえ。」

ヘリコプターは、警部の指《ゆび》さす方向に、いままでよりも、いっそう速《はや》く飛びました。空中の豆《まめ》つぶのような点が、りんごほどの大きさになり、それから、おもちゃのようなかわいらしいゾウの形《かたち》になり、そのゾウが、みるみる大きくなって、いまはヘリコプターから百メートルほどの空を、ユラユラゆれながら飛《と》んでいました。ゾウの腹《はら》の下のハンモックに、のんきそうに寝《ね》そべっている賊《ぞく》の姿《すがた》も、手にとるように見えます。

そのとき、警部《けいぶ》は双眼鏡《そうがんきょう》で、うしろの海面《かいめん》をながめました。すると、ヘリコプターのうしろ三百メートルほどのところを、一そうのランチ*が、白波《しらなみ》をけたてて、ばくしんしてくるのが見えます。警視庁《けいしちょう》から水上警察署《すいじょうけいさつしょ》へ電話をして、いちばん速力《そくりょく》の速《はや》い大型《おおがた》ランチで、ヘリコプターを追《お》うように命《めい》じてあったのです。

「よし、あれがくれれば、もう、うち落《お》としてもだいじょうぶだ。」

警部はそうつぶやいて、銃《じゅう》をとりあげると、前方の空の巨《きょ》ゾウにねらいをさだめました。どこへでも、たまがあたればいいのです。そして、ゾウの風船のガスがぬけて、海へ落ちればいいのです。すると水上署の大型ランチが、賊《ぞく》をすくいあげるというじゅんじょです。

一発《ぱつ》、二発《はつ》、三発、警部の銃は、目の前の巨ゾウのせなかをめがけて、つづけざまに発《はっ》射《しゃ》されました。なにしろ大きなまとですから、たまは百発百中《ひゃっぱつひゃくちゅう》です。たまがあたるたびに、ゾウはユラユラとゆれましたが、やがて、たまの穴《あな》からもれるガスが、だんだん多くなり、風船ゾウのからだは、みるみるしぼんでいきました。そして、海面にむかって、ぐんぐん落ちていくのです。

＊港で本船とのれんらくにつかわれる船

「しめたっ。もうだいじょうぶだ。」

ヘリコプターも、下降《かこう》をはじめました。水上署《すいじょうしょ》のランチは、海面《かいめん》すれすれにただよっている風船ゾウに近づいていきました。

そして、風船が水面《すいめん》についたときには、ランチはそのすぐそばまで近づいていたので、賊《ぞく》をすくいあげるのは、わけのないことでした。

ランチが、風船とすれすれにとまると、乗《の》りくみの水上署員《すいじょうしょいん》が、とび口*を、しぼんだゾウの足にひっかけ、ぐっと引きよせました。

ゾウのしぼんだ腹《はら》が、こちらをむくと、そこのハンモックの中に賊の姿《すがた》が見えました。とび口がハンモックにかかりました。そのまま引きよせて、数人の乗りくみ員《いん》の手が、賊をランチの上にだきあげたのですが、そのとき、人々の口から、「あっ」という、おどろきのさけび声がもれました。

「なあんだ。これはゴム人形《にんぎょう》じゃないか。」

賊とばかり思っていたのが、人形だったのです。浮《う》きぶくろのように、いきをふきこむと、ふくれて人間の形《かたち》になるゴム人形だったのです。それに、松村《まつむら》の黒い背広《せびろ》がきせてあったのです。

しかし、デパートの屋上《おくじょう》から、風船の綱《つな》にのぼっていったのは、たしかに松村でした。

＊ 棒の先にトビのくちばしのような鉄のかぎをつけた用具

その生きた人間が空を飛《と》んでいるうちに、どうして人形《にんぎょう》にかわってしまったのでしょうか。
読者諸君《どくしゃしょくん》、この秘密《ひみつ》がおわかりですか。それはつぎの章《しょう》でわかるのですが、それまでに、諸君もひとつ、この謎《なぞ》をといてみてはいかがです。

パラシュート

水上警察《すいじょうけいさつ》のおまわりさんが、ゴム人形をしらべているうちに、人形の手に、白い西洋《せいよう》ぶうとうがにぎらせてあるのに気がつきました。なんだろうと、それをひらいてみますと、中につぎのような手紙がはいっていました。

警察《けいさつ》のかたがた、ごくろうさま。とらえてみれば人形で、おきのどくだったね。真《しん》珠塔《じゅとう》はたしかにちょうだいした。おれの美術館《びじゅつかん》に、だいじにかざっておくことにする。これからも、まだまだ、宝石《ほうせき》を集《あつ》めるつもりだ。そして、世界一《せかいいち》の宝石美術館《ほうせきびじゅつかん》をつくるつもりだ。では、さようなら。

灰色《はいいろ》の巨人《きょじん》

それを読んでおまわりさんたちは、歯《は》ぎしりをして、くやしがりました。それにしても、「灰色《はいいろ》の巨人《きょじん》」とはなにものでしょう。宝石職人《ほうせきしょくにん》にばけた賊《ぞく》は、「灰色」でも、「巨人」でもありませんでした。黒い服《ふく》をきた、ふつうの男でした。では、あの男は賊の手下《てした》で、べつに「巨人」のような大男の首領《しゅりょう》がいるのでしょうか。それにしても「灰色」とは、いったいなんのことでしょう。灰色の顔《かお》をした人間なのでしょうか。

警官《けいかん》たちは、いろいろ考えてみましたが、どうしてもわかりません。大きな灰色の人間なんて、なんだかばけものみたいで、じつにきみがわるいのです。

それから三十分ほどして、モーターボートのおまわりさんたちが、水上警察署《すいじょうけいさつしょ》へ帰《かえ》りますと、すこし前にひとりの男が、自分の見たふしぎなできごとを、知らせにきたことがわかりました。

その男は船頭《せんどう》さんに小さな船をこがせて、お台場《だいば》の近くで、さかなをつっていたのですが、今から一時間ほど前に、頭の上をゾウの形《かたち》をしたアドバルーンが、おきのほうへ飛《と》んでいくのを見たのです。

アドバルーンの綱《つな》が切れて、こんなところまで飛んできたんだなと、めずらしがって見あげていますと、ゾウの腹《はら》の下から、サアッとなにか落《お》ちてきて、それがパッとかさのようにひらき、ふわりふわりと海の上へおりてきました。よく見ると、パラシュートに人間がぶらさがっているのです。

アドバルーンから人間がおりてくるなんて、ふしぎなことがあるものだと、あきれていますと、むこうから、ひじょうに速力《そくりょく》の速《はや》いモーターボートが、波《なみ》をけたててやってきました。そして、パラシュートの人間が、海に落《お》ちるのを待ちうけて、その人間を手ばやくモーターボートの中にすくいあげました。そして、ボートは品川《しながわ》のほうにむきをかえて、全速力《ぜんそくりょく》でもどっていくのです。

白い波が、サアッと二つにわかれて、モーターボートはその波のあいだにかくれて、見えないほどの速さでした。白い波だけが、みるみる、むこうへ遠ざかっていくのです。そして、じきに、それも見えなくなってしまいました。

あっという間のできごとでした。その男が釣《つ》りをしていたそばには、ほかにも二、三そうの釣り船がいて、それを見ていたのですが、パラシュートでおりたのが宝石《ほうせき》どろぼうとは、だれも知りませんので、そのまま、釣りをつづけていたのでした。

ところが、水上警察《すいじょうけいさつ》へきた男が、いちばんはやく釣りをやめて、船宿《ふなやど》に帰ってみますと、デパートの宝石どろぼうが、アドバルーンに乗《の》って逃《に》げたということが、わかりましたので、「さては、さっきのは、そのどろぼうだったのか」とおどろいて、とどけにきたというわけでした。

でも、そのときは、もうモーターボートが、パラシュートの男をすくいあげて逃《に》げさってから、一時間もたっていましたので、もうどうすることもできません。東京湾《とうきょうわん》にいるモーターボートをぜんぶしらべて、あやしいボートを見つけるほかはないのです。警察《けいさつ》では、すぐに、その手配《てはい》をしましたが、なかなか、てがかりがつかめそうにもありませんでした。

怪《かい》少《しょう》女《じょ》

それからまた十日ほどは、なにごともなくすぎさりました。

「灰色《はいいろ》の巨人《きょじん》」の手下《てした》は、モーターボートで逃げさったまま、ゆくえがわかりません。「灰色の巨人」という首領《しゅりょう》が、どんなやつだか、どこにいるのか、すこしもわからないまま、日がたっていったのです。

ところが、ある夜のこと、銀座《ぎんざ》の有名《ゆうめい》な宝石商《ほうせきしょう》の大賞堂《たいしょうどう》に、ふしぎな事件《じけん》がおこりました。

夜の七時、銀座通《ぎんざどお》りはネオンにかがやき、波《なみ》のような人通りにわきかえっていました。大賞堂の店にも、おおぜいの客《きゃく》があり、店員《てんいん》はいそがしく立ちはたらいていました。

そこへ、ひとりのりっぱな洋装《ようそう》の若《わか》い女の人がはいってきました。そのあとから、かわいらしい少女がついてくるのです。親子ではありません。たぶん少女は若い女の人の妹なのでしょう。

女の人は、ガラスばりの売り場の前に立って、店員《てんいん》に真珠《しんじゅ》の首かざりを見せてくれとたのみました。

店員は、女の人がひじょうにりっぱな服《ふく》を着《き》ているので、だいじなお客《きゃく》さまと見て、ていねいにあつかい、いちばん高価《こうか》な首かざりのケースを、いくつもガラス台の上にならべてみせました。

女の人は、そのケースを、一つ一つ、ひらいて見ていましたが、ちょうどそのとき、店の外で、「ワーッ」という叫《さけ》び声《ごえ》がしたかと思うと、にわかに、そのへんがさわがしくなり、大賞堂《たいしょうどう》のショーウインドーの前は、みるみる黒山の人だかりになりました。

店員が飛《と》びだしていってみますと、ひとりの青年が、そこにたおれていて、それをとりまいて、人だかりがしているのでした。

「どうしたんだ。しっかりしたまえ。」

ひとりの紳士《しんし》が、たおれた青年をだきおこして耳のそばでどなりますと、青年は、ふさいでいた目をひらいて、キョロキョロあたりを見まわし、はずかしそうな顔《かお》で、

「だれかが、パッとぶっつかったひょうしに、目まいがしてたおれたのです。もういいんです。すみません。」

とつぶやいて、よろよろと立ちあがり、まわりの人たちをかきわけるようにして、どこかへ立ちさってしまいました。

大賞堂《たいしょうどう》の客《きゃく》たちも店員《てんいん》たちも、そのさわぎに、みんな入り口へ出ていましたが、青年が立ちさるのを見て、売り場に帰りました。

さっきの若《わか》い女の人も、もとの売り場にもどって、また首かざりを見はじめましたが、しばらくすると、気にいった品《しな》がないらしく、またくるからといって、そのまま店を出ていこうとしました。

そのとき、店員は、ガラス台の上に出してあった首かざりのケースを、一つ一つあらためていましたが、ふと、びっくりした顔《かお》になって、大きな声で、

「もしもし、あなた、ちょっとお待ちなすって！」

と、いま店を出ようとしている女の人をよびとめました。

「あたし？　あたしにご用なの？」

女の人は、けげんな顔で、売り場にもどってきました。

「えへへへ……、どうもすみません。このケースの中の首かざりが、なくなっております

が、もしや、なにかのおまちがいで……」

店員《てんいん》は、にやにや笑《わら》いながら、いいにくそうにいうのでした。

「あら、あたしが、持っているとでもおっしゃるの？　へんなこといわないでよ。まだ、万引《まんび》きするほど、落《お》ちぶれちゃいないわ。なんなら、からだをしらべてください。さあ、おくへいきましょう。そして、女の店員にからだをしらべてもらいましょう。」

たいへんなけんまくです。店員は、青くなって、なにか口の中で、もぐもぐいっています。

そのとき、そばにいたべつの店員が、女の人のかかりの店員の耳に口をよせて、なにかささやきました。

「あ、そうだ、あの女の子がいない。お客《きゃく》さまが、おつれになったおじょうさんが見えませんが、どこへいらしったのでしょうか。」

女の人は、それを聞くと、びっくりしたように、

「え、おじょうさんですって。あたし、女の子なんかつれていませんわ。ひとりできたのよ。」

「でも、さっきまで、おそばにかわいいおじょうさんが、いらっしゃいましたが……」

「ああ、そんな子が、いたようですね。でも、あれは、あたしがつれてきたのじゃない。

まったく知らない子ですよ。」

それを聞くと、店員《てんいん》たちは、にわかにさわぎだしました。そして、二、三人の店員が、あわてて表《おもて》へとび出していきましたが、少女の姿《すがた》は、もうどこにも見えません。

「ちくしょう、やられた。あんなかわいい顔《かお》をして、あいつ、万引《まんび》き少女だったんだな。お客《きゃく》さまのおつれのようなふうをして、はいってきたので、まんまといっぱい食《く》わされてしまった。……えへへへ、まことに、あいすみません。とんだいいがかりをもうしまして、どうかごかんべんねがいます。」

店員は、しきりにおじぎをして、おわびをするのでした。

「そう？　うたがいが、はれればいいわ。じゃ、あたしは、こういうものですからね。なにか用事《ようじ》があったら、いつでもたずねてきてください。」

女の人はそういって、店員に名刺《めいし》をわたすと、そのまま、立ちさってしまいました。

そのあとで、店員たちは、からっぽになった首かざりのケースをとりかこんで、ガヤガヤいっています。

「おい、このケースの中に、へんな紙きれがはいっているぜ。おや、なんだかえんぴつで書いてある。」

「万引《まんび》き少女が、手紙をのこしていったのかな。」

みんなでひろげて読んでみますと、そこには、つぎのようなおそろしい文句《もんく》がしるしてありました。

首かざりを一つ、ちょうだいしたが、じつはこんなものが目的《もくてき》ではない。きみの店の宝石《ほうせき》を、ぜんぶちょうだいしたいのだ。一週間のうちにかならず、店の品物《しなもの》をねこそぎもらいにくる。用心したまえ。おれは魔法使《まほうつか》いだからね。

灰色《はいいろ》の巨人《きょじん》

さっきのあやしい少女は、灰色の巨人の手下《てした》だったのです。表《おもて》で、さわぎをおこした青年も、やっぱり手下のひとりだったかもしれません。そのさわぎにまぎれて、少女は首かざりをぬきとり、手紙をのこして逃《に》げさったのです。

ああ、灰色の巨人！　いったいそれはなにものでしょうか。そして、これから、どんなおそろしいことを、はじめるのでしょうか。

明智探偵《あけちたんてい》と小林少年《こばやししょうねん》

宝石商《ほうせきしょう》、大賞堂《たいしょうどう》の主人《しゅじん》は、灰色《はいいろ》の巨人《きょじん》の手紙を見て、ふるえあがってしまいました。すぐに警察《けいさつ》にとどけましたが、どうもそれだけでは安心《あんしん》ができません。そこで、思いだしたのが、名探偵明智小五郎《めいたんていあけちこごろう》のことです。明智探偵《あけちたんてい》には、前に銀座《ぎんざ》のほかの店が事件《じけん》を依頼《いらい》して、盗難《とうなん》をのがれたことがあります。主人はそのときの名探偵の手なみをよく知っているので、明智探偵をしんから尊敬《そんけい》しているのでした。

主人は自分で、明智探偵の事務所《じむしょ》へ電話をかけました。

「わたしは銀座《ぎんざ》の大賞堂のあるじでございますが、じつは、新聞をにぎわしている灰色の巨人が、わたしの店をねらっているのです。それで、ぜひ先生のご助力《じょりょく》をおねがいしたいのでございますが……」

すると、電話のむこうから、明智探偵の落《お》ちついた声が聞こえてきました。

「それはご心配《しんぱい》ですね。わたしも灰色の巨人という賊《ぞく》には、興味《きょうみ》を持っているのです。くわしいようすをお聞きしたいものですね。」

「では、これからすぐ、おうかがいいたしましょうか。」

「いや、それよりも、わたしのほうから、お店へいきましょう。賊《ぞく》をふせぐためには、やはり現場《げんば》を見ておくほうが、よいのですから。」

それではお待ちしますといって、電話を切りましたが、それから三十分もすると、明智《あけち》探偵《たんてい》が助手《じょしゅ》の小林少年《こばやししょうねん》をつれて、大賞堂《たいしょうどう》へやってきました。

すぐに応接間《おうせつま》へ通し、お茶やおかしを出して、ていちょうにもてなし、主人《しゅじん》は、今夜のできごとを、くわしく話しました。

「さっき警察《けいさつ》のかたも見えまして、私服《しふく》の刑事《けいじ》さんを、三人ほど、たえず店にはりこませてくれることになりましたが、どうもそれだけでは安心《あんしん》ができません。灰色《はいいろ》の巨人《きょじん》というやつは、自分で魔法使《まほうつか》いだといってるくらいですから、どんなふしぎな手をつかうかも知れません。そこで支配人《しはいにん》とも相談《そうだん》しまして、こういうことを考えましたのですが、どんなものでございましょうか。」

主人は、そこでことばを切って、名探偵《めいたんてい》の顔《かお》を見ました。明智は話のさきを、さそうようにうなずいてみせました。

「店には十万円[*1]をこす品《しな》が、百以上《いじょう》ございます。それだけでも、五千万円[*2]のねうちがあるのです。で、そういう高価《こうか》な品だけをケースから出して、ひとつにまとめて、どこかへかくしてしまうのです。そしてケースには、にせものを入れておくのです。ダイヤモンドは

＊1 現在の約百万円　＊2 現在の約五億円

ガラスのにせもの、真珠《しんじゅ》は安《やす》ものの人造真珠《じんぞうしんじゅ》に、入れかえておくのです。そして、それをわざとぬすませるという考えです。十万円以下《いか》の品《しな》は、そのままにしておきましても、たいしたそんがいではありません。高価《こうか》な品だけを、かくせばよいのです。この考えは、どうでございましょうか。」

「それで、どこへかくすのですか。」

「かくし場所については、また、ひとつの考えがあるのでございます。アラン・ポーの『盗《ぬす》まれた手紙』という小説《しょうせつ》の手で、ごくつまらないもののように見せかけて、ほうりだしておくのが、いちばん安全《あんぜん》なかくしかただという、あの手でございますね。それで、十万円以上《いじょう》の宝石《ほうせき》を、ケースから出して、ひとまとめにしますと、両手《りょうて》で持てるほどの小さなかたまりになってしまいます。これを古新聞でいくえにもつつみまして、物置《ものお》きのがらくたの中へ、ほうりこんでおくのでございます。物置きには、こわれたイスや、荷《に》づくり箱《ばこ》や、古い新聞などが、ごちゃごちゃはいっているのですから、けっしてめだつことはありません。まさか、そんながらくたの中に、五千万円の宝石がほうりこんであろうとは、だれだって、想像《そうぞう》もしませんでしょうからね。」

それを聞きますと、明智《あけち》はニッコリ笑《わら》って、

「あなたは、なかなかおもしろいことをお考えになりますね。アラン・ポーの小説からの

思いつきとは、気にいりました。それでは、その手でやってごらんになるのですね。支配《しはい》人《にん》さんとあなただけで、店員《てんいん》たちには、気づかれないようになさるほうがいいでしょう。」

明智《あけち》はそういいながら、つと立ちあがって、足音をたてぬようにして、入り口のドアのところへいって、そこにしばらく立っていましたが、やがて、そっとドアをひらいて、外の廊下《ろうか》をのぞいたかと思うと、すぐにドアをしめて、もとの席《せき》に帰りました。そして、声をひくくして、

「さっき、ここへ、お茶を持ってきたお手つだいさんがいますね。あの子はいつごろからいるのですか。」

とたずねました。

「あれは、ごく近ごろ、やといいれたものです。しかし、たしかな人の世話《せわ》でいれたのですから、べつに心配《しんぱい》はないと思いますが、あの子になにか……」

「いや、いいのです。いいのです。」

明智は、そこで、主人《しゅじん》のそばへ顔《かお》を近づけて、その耳に、なにかぼそぼそとささやきました。

「えっ、それじゃあ、あの話を……」

「そうです。わたしが今いったとおりになされば、きっと、うまくいきます。むろん、わ

たしも、この小林君《こばやしくん》も、じゅうぶん注意《ちゅうい》して、お店を見はるつもりですからね。」

それから、その席《せき》へ年とった支配人《しはいにん》もよびよせて、しばらく、いろいろな話をしたあとで、明智探偵《あけちたんてい》と小林少年《こばやししょうねん》は、待たせてあった自動車《じどうしゃ》に乗《の》って帰っていきました。

それから、二日めの夜、こんどは郵便《ゆうびん》で、灰色《はいいろ》の巨人《きょじん》からの手紙が、大賞堂《たいしょうどう》あてにとどきました。それにはこんなことが書いてあったのです。

> 三月七日の夜、きっと品物《しなもの》をもらいにいく。用意《ようい》をしておくがよろしい。
>
> 灰色の巨人

これを読んだ主人《しゅじん》は、かくごのうえとはいえ、やっぱり青くならないではいられませんでした。三月七日の夜といえば、あすの晩《ばん》なのです。すぐに、このことを警察《けいさつ》と、明智探《あけちたん》偵《てい》事務所《じむしょ》へ電話で知らせ、その夜は、ことさら厳重《げんじゅう》な見はりをすることになりました。

灰色の巨人は、この厳重な見はりの中へ、いったいどんなふうにしてやってくるのでしょう。また、大賞堂の主人の知恵《ちえ》は、うまく巨人をだますことができるのでしょうか。

一寸法師《いっすんぼうし》

賊《ぞく》が予告《よこく》した三月七日の前の晩《ばん》に、大賞堂《たいしょうどう》の主人《しゅじん》と支配人《しはいにん》は、店員《てんいん》がみなねてしまってから、そっとおきだして、明智探偵《あけちたんてい》と相談《そうだん》したとおりのことをすませました。つまり、ほんとうの宝石類《ほうせきるい》のはいった古新聞のつつみは、物置《ものお》き部屋《べや》のがらくたの中にほうりこまれ、店の大金庫《だいきんこ》の中の、たくさんのりっぱなサックには、にせものばかりが入れられたというわけです。

さて、いよいよ、三月七日の夜がきました。

その夜は、警視庁《けいしちょう》からやってきた三人の刑事《けいじ》が、ひとりは、店員にばけて、店の売り場に立ち、ふたりは、夜の銀座《ぎんざ》をさんぽしているような顔《かお》をして、大賞堂のショーウインドーの前を、いったりきたりしていました。

それとはべつに、明智探偵のほうでも、どこかで見はりをしているはずです。しかし、明智探偵が、どんな計略《けいりゃく》をたてているかは、大賞堂の主人や、支配人にも、わからないのでした。

その夜は、どんなお客《きゃく》さまがあっても、金庫の中の高価《こうか》な宝石は見せないことにしました。支配人《しはいにん》が、そのことを店員《てんいん》たちにいいつけますと、店員たちも、灰色《はいいろ》の巨人《きょじん》の予告《よこく》のことはよく知っていましたので、そのいいつけを、かたくまもりました。

店には支配人のほか七人の店員（そのうちひとりは、刑事《けいじ》がばけた、にせの店員です）がいましたが、夜がふけるにしたがって、いまにも怪盗《かいとう》がやってくるのではないかと、みんなビクビクものです。なんでもないお客《きゃく》さまがはいってきても、そのたびにハッとして、あいての顔《かお》を、穴《あな》のあくほど見つめるというありさまでした。

ところが心配《しんぱい》したほどのこともなく、十時になって店をしめるときまでは、なにごともおこりませんでした。さすがの怪盗も、まだ人通りの多い店のひらいている時間には、どうすることもできなかったのでしょう。

じつは店をしめてからが、あぶないのです。店員たちは、支配人の命令《めいれい》で、その晩《ばん》は徹《てつ》夜《や》をして、金庫《きんこ》の前にがんばることになりました。ほんものの宝石類《ほうせきるい》が、古新聞づつみとなって、物置《ものお》き部屋《べや》にほうりこんであることを、店員たちはすこしも知りませんから、ほんきになって金庫の番をしたのです。

表《おもて》の戸を、すっかりしめて、陳列台《ちんれつだい》には白いきれのおおいをかけ、電灯《でんとう》を半分くらいにへらしました。そして、店員たちは、店の中を歩きまわったり、金庫の前のイスにかけて、ぼそぼそと、小声で話をしたりしていました。

ひとりの店員《てんいん》が、陳列台《ちんれつだい》のあいだをぶらぶら歩いていますと、むこうのほうのガラス箱《ばこ》のおおいのきれが、ヒラヒラと動《うご》いているのに気づきました。風もないのに、きれが動くはずがありません。

「おや、へんだな。イヌが店の中へ、はいりこんだのじゃないかしら。」と思って、立ちどまって、じっとそのほうをすかして見ましたが、イヌやネコではありません。もっとちがったものです。

「そこにかくれているのは、だれだっ。」

店員は大きな声でどなって、そのほうへ足ばやに近づいていきました。すると、そのものは、パッとどこかへ、見えなくなってしまうのです。まるでネズミが、チョロチョロと走るようなすばやさです。

そいつは、むろん、ネズミのような小さなものではありません。しかし、人間ほども大きくはないのです。

「あっ、そこに、なんだかいる。こらっ、おまえ、どこの子だ。」

べつの店員がそれを見つけてさけびました。陳列台から陳列台へ、すばやく姿《すがた》をかくすようすが、なんだか十歳《さい》ぐらいの小さな子どものように、感《かん》じられたのです。

「あっ、そっちへ逃《に》げた。きみ、つかまえてくれ。」

声をかけられた店員《てんいん》は、いきなり陳列台《ちんれつだい》のかげにしゃがんで、あいてを待ちぶせました。するとおおいのきれが、ヒラヒラ動《うご》いて、なにものかがこちらへ近づいてきます。子どもではないようです。といって、けものでもありません。その店員はゾーッと、せなかがつめたくなりました。そいつは、なんだかえたいの知れない、ばけもののように思われたからです。

「ケラ、ケラ、ケラ、ケラ……」

と、白いおおいのきれのかげで、じつにきみのわるい笑《わら》い声《ごえ》がしました。

店員は、逃《に》げごしになりながら、ふるえ声でどなりました。

「やいっ、そこにいるやつは、なにものだっ。」

すると、ケラ、ケラ、ケラという笑い声が、いっそう高くなって、きれのかげから、ニューッと大きな人間の顔《かお》があらわれたのです。その顔が、まっ赤なくちびるを、ヘラヘラ動かして、笑っているのです。まるで、首だけが、宙《ちゅう》に浮《う》いているように見えました。たしかに、おとなの顔です。しかし、それが、陳列台にかくれるほど低《ひく》いところに、ただよっているのです。顔の下に、胴体《どうたい》がないのです。いや、なんだか小さなからだのようなものがあるけれども、そんな顔の大きさに、ちっともつりあっていないのです。十歳《さい》よりも、もっと小さい子どものからだです。七、八歳の子どものからだに、三十歳のおとなの顔《かお》がのっかって、ケラケラ笑《わら》っているのです。

「ケラ、ケラ、ケラ……、おい、おまえたち、おれは、ずっと前から店の中にかくれていたんだよ。おまえたち、気がつかなかったね。ケラ、ケラ、ケラ……」

そのものは、いきなり、店員《てんいん》の前に姿《すがた》をあらわして、子どものようなかんだかい声で、あざけりました。

それは、こびとだったのです。赤いセーターを着《き》て、四十センチぐらいのみじかいズボンをはいた、一寸法師《いっすんぼうし》だったのです。

店員たちは、あっけにとられて見つめたまま、口もきけないありさまです。しかし、店員にばけた刑事《けいじ》は、さすがに勇敢《ゆうかん》です。つかつかとそばによって、どなりつけました。

「きさま、サーカスから逃《に》げだしてきたのか。いったい、なんのために、この店の中に、かくれていた。」

一寸法師は、すこしもひるまず、またケラケラと笑いました。

「そのわけが知りたいのか。」

「ずうずうしいやつだ。はやく、わけをいえ。」

「おまえたち、なぜ、戸をしめてから、店にうろうろしているんだ。」

「そんなことは、どうだっていい。」

「ケラ、ケラ、ケラ……かくしたって知ってるぞ。灰色《はいいろ》の巨人《きょじん》がこわいのだろう。今にもやってくるかと、びくびくしているんだろう。」

「やっ、きさま、灰色の巨人のなかまなんだな。」

「ふふん、まあそんなところだね。」

一寸法師《いっすんぼうし》は、両方《りょうほう》の腕《うで》をまげて腰《こし》にあて、顔《かお》をつんと上にむけて、すましてみせました。

刑事《けいじ》はもうがまんができません。おそろしい顔で、つかみかかっていきました。ところが、みじかい足の一寸法師が、あんがいすばやいのです。彼《かれ》は刑事の手の下をすりぬけて、陳列台《ちんれつだい》のあいだの、せまいすきまへ逃《に》げこんでしまいました。

あいてがこびとだけに、しまつがわるいのです。おとなのからだでは、とても通れないようなところばかりを、逃げまわるのですから、なかなかつかまりません。そうしておにごっこをしているうちに、とつぜん、パッと電灯《でんとう》が消《き》えてしまいました。一寸法師が、逃げまわりながら、スイッチをおしたのです。

「だれか、はやくスイッチを……」

いわれるまでもなく、ひとりの店員《てんいん》が、スイッチをさぐりあてて、電灯をつけました。ところが、そのときには、一寸法師の姿《すがた》は、どこにも見えなくなっていました。

「へんだなあ、消えてしまったぜ。」

いくらさがしても見つかりません。表《おもて》は、すっかり戸じまりがしてあるので、そちらへ逃《に》げることはできません。おくのほうへの通路《つうろ》には、二、三人の店員《てんいん》が立っていましたから、こちらへも、ぜったいにいけないのです。

それでいて、店じゅうをくまなくしらべても、こびとはどこにもいないではありませんか。煙《けむり》のように消《き》えうせてしまったのです。

巨人《きょじん》ついせき

このさわぎで、主人《しゅじん》も支配人《しはいにん》も、うちの人がみんな店へ集《あつ》まってきました。

あぶない、あぶない、これは怪盗《かいとう》の、例《れい》の手かもしれません。どこからか一寸法師《いっすんぼうし》をやとってきて、店でこんなおしばいをさせて、みんながそれに気をとられているすきに、なにかやろうというのではないでしょうか。

そのとき、大賞堂《たいしょうどう》のおくのほうの物置《ものお》き部屋《べや》の板戸《いたど》が、ソーッとひらいていました。そしてその中から、若《わか》い女があらわれました。みんな店のほうへいって、そのへんには、だれもおりません。この女は、二、三日前に、明智小五郎《あけちこごろう》がきて、主人《しゅじん》と話していたとき、ドアのそとで立ち聞きしたお手つだいさんです。

物置《ものお》き部屋《べや》から出てきたそのお手つだいさんは、古新聞でくるんだものをブラウスの下にかくして、ぬき足をしてそっと勝手口《かってぐち》のほうへ歩いていきました。そして、そこで靴《くつ》をはくと、そのまま裏通《うらどお》りへ出ていくのです。ブラウスの下にかくした新聞づつみの中には、いうまでもなく、たくさんの宝石類《ほうせきるい》がはいっているのです。

お手つだいさんが、裏通りへ出たときに、その町をゆっくりすすんでいく、一台のからのタクシーがありました。お手つだいさんは、いそいでタクシーをよびとめると、あたりを見まわしながら、それに乗《の》りこんでしまいました。

それから三十分ほどのち、お手つだいさんの乗った自動車《じどうしゃ》は、白鬚橋《しらひげばし》をわたって、隅田《すみだ》公園《こうえん》の闇《やみ》の中にとまりました。お手つだいさんはそこでおりて、まっ暗《くら》な立ち木のあいだへ、はいっていきます。

そのとき、お手つだいさんがおりたあとの自動車に、ふしぎなことがおこりました。車のうしろの荷物《にもつ》をいれるトランクのふたがそっとひらいて、その中から、ひとりの少年がはい出してきたのです。少年は運転手《うんてんしゅ》のところへいって、なにか、ひとこと、ふたこと、ささやくと、そのままお手つだいさんのあとを追《お》いました。

その少年こそ、明智探偵《あけちたんてい》の名助手《めいじょしゅ》の小林君《こばやしくん》なのです。小林少年《こばやししょうねん》は、明智先生《あけちせんせい》の命令《めいれい》によって、知りあいのタクシーの運転手にたのんで、その後部《こうぶ》のトランクに身《み》をひそめたのです。そして、そのタクシーは、大賞堂《たいしょうどう》の裏通《うらどお》りをしずかに行ったりきたりして、お手つだいさんがよびとめるのを待っていたわけなのです。

明智探偵《あけちたんてい》は、お手つだいさんが物置《ものお》き部屋《べや》から、新聞づつみの宝石《ほうせき》をぬすみだすことを、ちゃんと見ぬいていました。それで、小林少年にそのあとをつけさせて、灰色《はいいろ》の巨人《きょじん》のすみ家《か》を知ろうとしたのです。

お手つだいさんは、まっ暗《くら》な立ち木のあいだを、どんどん歩いていきます。小林君《こばやしくん》は、あいてに気づかれぬように、そのあとをつけました。

百メートルほど歩くと、お手つだいさんは立ちどまりました。そして、人待《ひとま》ち顔《がお》に、その暗いところに、じっと立っています。

すると、木の枝《えだ》をガサガサいわせて、そこのしげみの中から、なにものかがあらわれました。遠くの街灯《がいとう》の光が、かすかにてらしているだけですから、その人間の姿《すがた》は、はっきり見えませんが、ふつうの人間の倍《ばい》もあるような、よく太った大きな男でした。うすいオーバーを着《き》て、ソフトをかぶっています。

お手つだいさんはその大男に、宝石の新聞づつみを手わたすと、そのまま、もときたほうへもどっていきます。小林君は、見つけられてはたいへんですから、いそいで、そばの木のかげにかくれました。そして、これからどうしたらいいかと、ちょっと考えましたが、お手つだいさんのほうはかまわないで、新聞づつみを受けとった男を、尾行《びこう》することにきめました。

男はむこうのほうへ、大またに歩いていきます。小林君《こばやしくん》は、その十メートルほどあとから、見うしなわぬようについていくのです。

すこしむこうに、街灯《がいとう》がたっています。男がその街灯の下を通るとき、小林君は、男の姿《すがた》をはっきり見ましたが、ハッと、あることに気づいて、思わず息《いき》をのみました。

その男の身《み》につけているものは、ソフトも、オーバーも、ズボンも、靴《くつ》も、みんな灰色《はいいろ》だったのです。男が横《よこ》をむいたとき、チラッとその顔《かお》を見ましたが、この男は、顔までも灰色がかっていました。

それに、おそろしく大きなやつです。ふつうのおとなの倍《ばい》もあります。せいが高いばかりでなく、横《よこ》はばも広いのです。つまり、ひどく太っているのです。

「灰色の巨人《きょじん》だ。こいつこそ、灰色の巨人の首領《しゅりょう》にちがいない。」

小林少年《こばやししょうねん》はそう考えると、なんだか身がひきしまるように感《かん》じました。ところがそれからしばらくすると、じつに意外《いがい》なことがおこったのです。

大男が、とつぜん立ちどまりました。そして、いつまでも動《うご》かないのです。いや、そればかりではありません。大男が口をきいたのです。

「おい、きみも立ちどまってしまったじゃないか。どうして、ここへこないのだ。おれは、きみを待っているんだぜ。」

むこうをむいたまま、からだにふさわしい太い声で、そんなことをいいました。

「きみ」というのは、だれのことでしょう。そのへんに人がいるはずはありません。こちらにかくれている小林少年《こばやししょうねん》のことです。大男は尾行《びこう》されていることを、ちゃんと知っていたのです。

小林君《こばやしくん》はギョッとして、闇《やみ》の中に立ちすくんでしまいました。あいては、そんな大きな怪物《かいぶつ》ですから、足も速《はや》いでしょう。逃《に》げだしたって、すぐに追いつかれてしまいます。もうかくごをきめるほかはありません。

小林君は、ぐっと下腹《したはら》に力をいれて、木のかげからあらわれ、だいたんに大男のほうへすすんでいきました。

「あははは……、とうとうあらわれたな。きさま、明智小五郎《あけちこごろう》の助手《じょしゅ》の小林だろう。タクシーのトランクにかくれていたのか。おおかた、そんなことだろうと思っていた。きみはこの新聞づつみがかえしてほしいのだろう。だが、このおれとチンピラのきみとじゃ、勝負《しょうぶ》にならない。これをとりかえすことは、すっぱりあきらめるんだな。ははは……、きみはかわいい子だ。おれがかわいがってやるから、まあ、こっちへくるがいい。」

大男はニューッと大きな手をのばして、小林君《こばやしくん》の服《ふく》のえりをつかみ、まるでネコでもぶらさげるように小林君をぶらさげて、のしのし歩きだしました。ざんねんながら、こんな巨人《きょじん》にかかっては、もうどうすることもできません。

大男はそうして、隅田川《すみだがわ》のほうへおりていきました。そこは、船のつくところらしく、石の坂道《さかみち》が、川の水面《すいめん》とすれすれのところまでひくくなっています。

見ると、そこの水面に、一そうのモーターボートがとまっていました。大男は小林君をぶらさげたまま、ひょいとそのボートに乗りました。

「さあ、これで、おわかれだ。宝石《ほうせき》もかえさないし、おれのあとをつけることもできなくしてやる。つまり、この勝負《しょうぶ》はおれの勝《か》ちというわけだね。」

大男はそういうと、ボートの中から手をのばして、小林君のからだをそっと岸《きし》の石だたみのところへおろしました。そして、ボートの中にあったステッキのようなもので、ぐっと石だたみをおすと、ボートは岸をはなれてしまったのです。

小林君はざんねんでしかたがありません。このまま負《ま》けてしまっては、明智先生《あけちせんせい》にも、もうしわけがないのです。小林君は、いきなり大男によびかけました。

「おい、のっぽくん。きみは懐中電灯《かいちゅうでんとう》を持っているだろうね。それをつけたまえ。そして、新聞づつみをひらいて、中の宝石をよくしらべてごらん。その宝石はみんな、にせものだということがわかるはずだよ。」

大男はそれを聞くと、ギョッとしたように、こちらを見つめました。そして、いわれたとおり、懐中電灯《かいちゅうでんとう》をつけて、宝石《ほうせき》をしらべているようすでしたが、やがて、「ちくしょう」と、したうちをする声が聞こえてきました。

「きのどくだねえ。きみは明智先生《あけちせんせい》の計略《けいりゃく》にかかったんだよ。先生はお手つだいさんが立ち聞きしていたことをさとって、大賞堂《たいしょうどう》の主人《しゅじん》にぎゃくの手をつかわせたのさ。金庫《きんこ》の中の宝石を、にせものと入れかえたように思わせて、じつは入れかえなかったのさ。新聞づつみのほうがにせもので、ほんとうの宝石は、みんな、もとの金庫にあるんだよ。ははは……、どうだい、これでも、きみのほうが勝《か》ったといえるだろうかねえ。」

小林君《こばやしくん》は、そういって、さもここちよげに笑《わら》うのでした。

しかしこの勝負《しょうぶ》は、せっかく尾行《びこう》した巨人《きょじん》に、逃《に》げられてしまったのですから、じつは五分五分《ごぶごぶ》なのです。

「ちくしょう、おぼえていろ。このしかえしは、きっとするぞ。」

大男のくやしそうな声が、エンジンの音にまじって聞こえてきました。そしてモーターボートは、隅田川《すみだがわ》の闇《やみ》の中へ消《き》えていくのでした。

大賞堂の店《みせ》にあらわれた一寸法師《いっすんぼうし》は、いったいなにものでしょう。彼《かれ》はどこからどうして、逃《に》げさることができたのでしょう。

また、モーターボートで逃げた大男は、はたして灰色《はいいろ》の巨人《きょじん》なのでしょうか。やがて、それらの秘密《ひみつ》のとけるときがきます。

少年探偵団《しょうねんたんていだん》

大賞堂《たいしょうどう》の事件《じけん》があってから一週間ほどたったある日、園井正一君《そのいしょういちくん》という中学校一年生の少年が、明智探偵事務所《あけちたんていじむしょ》へ、助手《じょしゅ》の小林少年《こばやししょうねん》をたずねてきました。

園井少年《そのいしょうねん》は、小林君《こばやしくん》が団長《だんちょう》をやっている少年探偵団《しょうねんたんていだん》の団員《だんいん》なのです。小林君は探偵事務所の自分の部屋《へや》へ、園井君《そのいくん》を通しました。

小林君の部屋は、三畳《じょう》ほどのせまい洋室《ようしつ》です。大きな机《つくえ》と本箱《ほんばこ》と、イスが三つおいてあります。ふたりは、そのイスにかけて話をしました。

「きみ、青い顔《かお》してるよ。なにか心配《しんぱい》ごとでもあるの?」

小林君がたずねますと、園井少年は、

「うん、ひじょうに心配なことがあるんだ。それで団長に相談《そうだん》にきたんだよ。」

といって、話しはじめました。

「ぼくのおとうさんが、今晩《こんばん》、『にじの宝冠《ほうかん》』を、十人ほどのお友だちに、見せることになっているんだ。その宝冠は、戦争《せんそう》のときから今まで、ずっと、いなかに疎開《そかい》してあったんだが、それをこんど、うちへ持ってかえったんだ。そしてきょうは、ちょうど、おとうさんの誕生日《たんじょうび》だもんだから、十人ばかりお客《きゃく》さまがくる。みんなおとうさんのお友だちだよ。そのお客さまに、宝冠を見せることになっているんだ。」

『『にじの宝冠』って、なんなの?」

小林君《こばやしくん》が聞きますと、園井少年《そのいしょうねん》は目をかがやかせて、

「たいへんな宝物《ほうもつ》だよ。今から百何十年前に、ヨーロッパのある国の女王さまが、かぶっていたという王冠《おうかん》だよ。ぼくのおじいさまが、フランスの美術商《びじゅつしょう》からお買いになったんだって。ぼくのうちのたからものだよ。その宝冠には、ダイヤや、ルビーや、サファイアなんかが、たくさんはめこんであるんで、にじのように美しくひかるんだ。だから、『にじの宝冠』っていうんだよ。」

園井君《そのいくん》のおうちは、戦争の前には、ひじょうなお金持ちでしたから、そういう宝物がのこっていたのです。

「ぼくが心配《しんぱい》しているわけが、わかるだろう。ほら、灰色《はいいろ》の巨人《きょじん》だよ。あいつは、宝石《ほうせき》ばかり、ねらっているんだね。だから、今夜、あいつがやってきたら、たいへんだと思うん

だ。」

「だって、今夜、きみのうちで、宝冠《ほうかん》を見せることは、お客《きゃく》さまのほかには、だれも知らないんだろう?」

「知らないはずだけれども、でも、灰色《はいいろ》の巨人《きょじん》は、魔法使《まほうつか》いみたいなやつだからね。かぎつけて、やってくるかもしれないと思うんだ。いや、それよりもね、ぼくはきのうの夕がた、おそろしいものを見たんだよ。」

「え、おそろしいものって?」

園井少年《そのいしょうねん》は、さもこわそうにあたりを見まわして、

「こわかったよ。まっ赤な太陽《たいよう》が、坂《さか》の上の空にしずみかけていたんだよ。ぼくは坂の下からのぼっていった。するとね、その坂のてっぺんのまっ赤な太陽の前に、おっそろしく大きなやつと、赤んぼうみたいな小さなやつが、ならんで立っていたんだ。ひとりは、西郷《さいごう》さんの銅像《どうぞう》みたいなやつだよ。そしてもうひとりは、ちっちゃなこびとなんだよ。顔《かお》だけ大きくって、からだが赤んぼうなんだ……。わかるかい。大きいやつは、きみが隅田川《すみだがわ》であった灰色の巨人かもしれない。小さいやつは、あの一寸法師《いっすんぼうし》かもしれない。そのふたりが手をつないで、坂のてっぺんに、黒い影《かげ》のようにニューッと立っていたんだよ。ぼくは、ぞっとして、いきなり反対《はんたい》のほうへかけ出しちゃった。」

「その坂《さか》って、どこなの？」

「ぼくのうちの、すぐそばだよ。ほら、キリスト教会のある、あの坂道《さかみち》さ。」

「ふうん、それじゃ、あいつは、もうきみのうちを、ねらっているのかもしれないね。」

「ぼくも、それがこわいんだよ。だから、ぼく、おとうさんに、今晩宝冠《こんばんほうかん》を見せるのはおよしなさいって、いったの。でも、だめなんだよ。みんなに案内状《あんないじょう》を出して、今夜見せるといってあるんだから、よすことはできないんだって。」

「あぶないね。十人のお客《きゃく》さまの中には、巨人《きょじん》の手下《てした》がだれかにばけて、まじっているかもしれないからね。」

「ぼくも、おとうさんに、そういったんだよ。でも、おとうさんは、お客さまはみんなよく知っている人だから、ごまかされる心配《しんぱい》はない、だいじょうぶだっていうんだ。おとうさんは、ちっともこわくないんだよ。ぼくを、おくびょうものだってしかるんだよ。」

「わかった。きみがぼくに相談《そうだん》しにきたわけがわかったよ。少年探偵団《しょうねんたんていだん》を集《あつ》めればいいんだろう。そして、きみのうちをまもればいいんだろう。」

「うん、そうなんだよ。ぼくがおくびょうなのかもしれないけれど、心配だからね。」

「よし、それじゃあ、なるべく大きい強そうな団員《だんいん》を六、七人集めよう。」

小林君《こばやしくん》は、応接間《おうせつま》で、べつの事件《じけん》の客と話をしている明智探偵《あけちたんてい》のところへいって、部屋《へや》

の外へよびだして、このことをつげますと、明智探偵《あけちたんてい》は、

「きみがついていれば、だいじょうぶだと思うが、団員《だんいん》の子どもたちに、けがなんかさせないようにね。もし、かわったことがあったら、すぐに、ぼくに電話《でんわ》するんだよ。」

と、ねんをおして、団員を集《あつ》めることをゆるしてくれました。

それから、電話れんらくによって、六人の団員がくることになり、小林団長《こばやしだんちょう》と園井君《そのいくん》と、あわせて八人の少年探偵団員《しょうねんたんていだんいん》が、園井君のうちのまわりを、見まわることになりました。

にじの宝冠《ほうかん》

その晩《ばん》、園井君のうちによばれたお客《きゃく》さまたちは、おいしいごちそうのもてなしにあずかったあとで、いよいよ宝冠《ほうかん》を見せてもらうために、応接間《おうせつま》に集まっていました。

お客さまは、夫婦《ふうふ》づれの人が多く、男が六人、女が四人でした。みな、りっぱな身《み》なりの人ばかりです。それに、園井君のおとうさんと、おかあさん、あわせて十二人が、大きな丸テーブルを、ぐるっとかこんでイスにかけていたのです。

主人《しゅじん》の園井さんの前に、銀色《ぎんいろ》の美しい箱《はこ》がおいてあります。園井さんは、そのふたに手をかけました。

「これが『にじの宝冠《ほうかん》』です。箱《はこ》のまま、じゅんにまわしますから、よくごらんください。」

ふたがひらきました。中にはまっ赤なビロードの台座《だいざ》があり、その上に金色《こんじき》まばゆい宝冠がのせてあります。

宝冠にちりばめた、かず知れない宝石《ほうせき》が、電灯《でんとう》の光をうけて、赤に、青に、むらさきに、キラキラ、チカチカとかがやきました。目もくらむばかりの美しさです。

お客《きゃく》さまたちはそれを見ると、あまりのみごとさに、思わずホーッとためいきをつきました。

「さあ、じゅんにまわして、ごらんください。宝石のかずを、かぞえるだけでもたいへんですよ。」

「まあ、なんてすばらしいんでしょう。ほんとうににじですわ。にじのように、五色にかがやいていますわ。」

園井《そのい》さんのとなりの美しい女の人が、うっとりとしてつぶやきました。

それから宝冠の箱は、テーブルの上を、つぎつぎとまわっていきました。そして、五人めまでまわったときです。いきなり、パッと電灯が消《き》えて、部屋《へや》の中がまっ暗《くら》になってしまいました。

停電《ていでん》でしょうか？　いや、どうもそうではなさそうです。だれかがスイッチを切ったのです。園井《そのい》さんは、はっとして、大いそぎでスイッチのほうへいこうとしました。

「キャーッ……」

女のお客《きゃく》さまのだれかが、ひめいをあげました。

「どうしたんです。いま、さけんだのはだれです。」

男の声が、どなりました。

「子どもがいます。小さな子どもが、あたしの手を……」

「子ども？　子どもなんかいるはずがない。どこです、どこです。」

暗闇《くらやみ》の中で、みんなイスから立って、うろうろしていました。ぶっつかりあうものもあります。

「あっ、いたぞっ。子どもだ。小さな子どもだ。」

また、だれかがさけびました。

「みなさん、しずかにしてください。宝冠《ほうかん》はだいじょうぶですか。どなたが、お持ちですか。」

だれもこたえません。みながイスを立ったので、宝冠の箱《はこ》が、どのへんにあったか、けんとうもつかないのです。

そのとき、園井さんがやっとスイッチをさぐりあてて、パチンと電灯《でんとう》をつけました。部《へ》屋《や》の中が、まぶしいほど明るくなりました。

みんなの目が、テーブルの上を見ました。宝冠《ほうかん》の箱《はこ》は、影《かげ》も形《かたち》もありません。二、三人のひとが、テーブルやいすの下をのぞきました。なにもありません。「にじの宝冠」は、魔法《まほう》のように消《き》えうせてしまったのです。

「さっき、子どもがいると、おっしゃったかたがありましたが、ほんとうに、そんなものがいたのですか。」

園井《そのい》さんが、みんなの顔《かお》を見まわして、たずねました。

「たしかにいました。わたしの腰《こし》くらいしかない、小さな子どもでした。」

「あたしも、その子どもにさわられましたわ。どうしたんでしょうね。どこへいったんでしょうね。」

それを聞くと、みんな、きみがわるくなって、キョロキョロとあたりを見まわすのでした。

園井さんは、ふしぎそうな顔をして、いいました。

「そんな小さな子どもがいるはずはありません。わたしの子どもの正一《しょういち》は中学生です。そのほかに、うちには子どもはいないのです。たとえ子どもがいたとしても、この部屋《へや》へは、はいれません。わたしは、用心のために、宝冠をお見せする前に、ドアにカギをかけておきました。窓《まど》もちゃんと、しまりができております。どこにも出はいりするすきまはないのです。」

「それはたしかですか。では、宝冠《ほうかん》はどこへいったのです。だれかが、持っていったとしか考えられないじゃありませんか。」

園井《そのい》さんも、お客《きゃく》さまの男の人たちも、部屋《へや》じゅうを、ぐるぐるまわってさがしました。ドアや窓のところを、ガチガチやってためしました。ぜんぶ、中からしまりができています。そのほか、天井《てんじょう》にも、壁《かべ》にも、床板《ゆかいた》にも、あやしいところは、すこしもないことがわかりました。

ふしぎです。あの美しい宝冠は、銀《ぎん》の箱《はこ》もろとも、おばけのように消《き》えてなくなったのです。

みんなは、うすきみわるくなって、ただ、おたがいに、おびえた目を見かわすばかりでした。

怪物《かいぶつ》のゆくえ

ちょうどそのとき、園井さんの広いおうちのへいの外では、またべつの、おそろしいできごとがおこっていました。

小林団長《こばやしだんちょう》のひきいる八人の少年探偵団《しょうねんたんていだん》は、四人ずつ二組にわかれて、園井家《そのいけ》のへいのまわりを巡回《じゅんかい》していました。

もう夜の八時ごろでした。空がくもって星も見えない、まっ暗《くら》な晩《ばん》でした。そのへんは、さびしい屋敷町《やしきまち》で、高いへいばかりがつづいています。人通りも、まったくありません。町のところどころにたっている街灯《がいとう》の光が、あたりをぼんやりと、てらしているばかりです。

小林君《こばやしくん》がさきに立って、そのあとから、園井少年《そのいしょうねん》と、ほかのふたりがつづいています。ほかのふたりも中学の一年生です。

「おい、とまれ！　なにかいる。あれをごらん。」

小林君が、むこうのコンクリートべいの上を指《ゆび》さしました。それは園井君のおうちのへいです。へいの上から、大きな木の枝《えだ》が、ニューッとつきだしています。その枝が、ざわざわと動《うご》いているのです。

風にゆれているのではありません。なにかが、その枝にとまっているのです。遠くの街灯の光で、かすかにそれが見わけられます。

サルのような動物《どうぶつ》です。いや、サルではありません。人間の子どもです。こんな暗《くら》い晩《ばん》

に、子どもが木のぼりをしているのでしょうか。

大きな枝《えだ》が、ピーンとはねました。子どもがとびおりたのです。おやっ、子どもにしては、なんて大きな頭でしょう。頭でっかちの福助《ふくすけ》*みたいなやつです。黒い四角なふろしきづつみのようなものを、首にくくりつけています。そして、その小さなやつは、いきなり、むこうのほうへ、チョコチョコと走りだしました。

「あっ、一寸法師《いっすんぼうし》だっ。」

小林団長《こばやしだんちょう》と園井君《そのいくん》とは、すぐそれに気がつきました。

首にさげている黒いふろしきづつみは、いったいなんでしょう? ひょっとしたら、あの中に、「にじの宝冠《ほうかん》」がつつんであるのではないでしょうか。一寸法師が、それをぬすみだしたのではないでしょうか。

「おい、あいつを追《お》っかけるんだ。あいつに、気づかれぬように。」

小林団長が、命令《めいれい》をくだしました。

闇夜《やみよ》のついせきです。逃《に》げるのは、頭でっかちの一寸法師。ちびなのに、なんという速《はや》さでしょう。チョコチョコ、チョコチョコ、みじかい足が、まるで機械《きかい》のように動《うご》くのです。

探偵団《たんていだん》の少年たちは、みんなのっぽですから、足の長さは一寸法師の倍《ばい》もあります。そ

＊ 頭が大きくて、背のひくい人形。幸福をまねくといわれる

れでいて、なかなか追《お》いつけないのです。四人の少年は、いきをきらせて走りつづけました。

一寸法師《いっすんぼうし》は、にぎやかな通りをさけて、さびしいほうへ、さびしいほうへと走っていきます。おとなの人が通ったらよびかけて、つかまえてもらおうと思うのですが、あいにく、だれも通りかかりません。

まっ暗《くら》な大きな森がありました。神社《じんじゃ》の森です。一寸法師はその中へ逃《に》げこみました。

さあ、たいへんです。神社の中は広々していて、そこに大きな木がいっぱいしげっています。どこにでも、かくれるところがあります。

少年たちは、その広い境内《けいだい》を、あちこちとさがしまわりました。しかし、一寸法師は、どこにもいないのです。あいつは、木のぼりがうまいようですから、ひょっとしたら、大きな木にのぼって、かくれているのかもしれません。しかし、何十本とある木を、一本ずつのぼって、さがすことなど、とてもできません。もうあきらめるほかはないのでしょう。

「だが、もしかしたら、境内を通りぬけて、神社の裏《うら》のほうへ逃げたかもしれない。そっちをさがしてみよう。」

小林団長《こばやしだんちょう》はそういって、さきに立って、裏の道へ出ていきました。

神社《じんじゃ》の裏《うら》は、広い原っぱでした。むこうに、大きなテントがはってあります。サーカスのテントです。

四人はそのほうへ行ってみました。テントの正面《しょうめん》には明るく電灯《でんとう》がついて、二とうのゾウと、たくさんのウマがつないであります。

入り口の台の上に、赤いしまの服《ふく》をきた人がすわって、番をしていました。

「おじさん。いま、ここへ、一寸法師《いっすんぼうし》がこなかった？」

小林君《こばやしくん》がたずねました。

「なんだって？　一寸法師だって？」

赤い服の男が、びっくりしたように、少年たちを見おろしました。

「こびとだよ。頭がでっかくて、子どもみたいに小さいやつだよ。神社のほうからかけだしてこなかった？」

「ふうん、このへんに、そんなやつがいるのかい。見なかったよ。もう今夜は、おしまいだから、表《おもて》に立っているお客《きゃく》もなかったので、見のがすはずはない。そんなやつ、ここへはこなかったよ。」

その男は、高い台の上にすわっているのですから、もし一寸法師が通れば、目につかぬはずはないのです。それでは、やっぱり、まだ神社の境内《けいだい》に、かくれているのでしょうか。

　どうしようかと、まよっているうちに、ちょうどサーカスがおわりになって、入り口から、見物《けんぶつ》の人たちが、どやどやと出てきました。

　四人の少年は、そこにつっ立って、おおぜいの人たちが通りすぎるのを見ていました。もしや、その見物人《けんぶつにん》の中に、一寸法師《いっすんぼうし》がいるのではないかと、目をさらのようにしていましたが、子どもはいても一寸法師はいませんでした。

　園井少年《そのいしょうねん》は、まだ、あきらめきれないで、入り口に近よって、見物人の出ていったあとの、テントの中をのぞいていますと、台の上の男が、大きな声でどなりつけました。

「なにを、のぞいているんだ。もう、見物人は、すっかり出てしまったよ。そんな一寸法師なんか、こんなとこに、いるもんか。さあ、帰った、帰った。」

　しかたがないので、四人の少年は、そこをひきあげることにしました。そして、もう一度神社《どじんじゃ》の中をさがしましたが、やっぱり、なにも見つけることはできませんでした。

「あっ、しまった。」

　小林団長《こばやしだんちょう》が、びっくりするような声をたてました。

「どうしたの？　団長。」

　ひとりの少年が、ふりむいてたずねました。

「ぼく、すっかりわすれていた。サーカスには、よく一寸法師《いっすんぼうし》の道化者《どうけもの》がいるね。あのサーカスにも、一寸法師がいるんじゃないかしら。だからさ、ぼくらがおっかけたやつは、あのサーカスの団員《だんいん》じゃないだろうか。」

小林君《こばやしくん》は、そういって、考えこんでしまいました。

一寸法師は、はたして、このサーカスの中にかくれていたのでしょうか。もしそうだとすれば、怪盗《かいとう》「灰色《はいいろ》の巨人《きょじん》」と、このサーカスは、どんなつながりがあるのでしょう。

サーカスの道化師《どうけし》

そのあくる日の午後、小林団長《こばやしだんちょう》は、ゆうべの少年たちのほかに、たくさんの団員《だんいん》をさそって、総勢《そうぜい》二十人の少年探偵団員《しょうねんたんていだんいん》が、そのサーカスを見物《けんぶつ》することになりました。そして、二十人の四十の目でサーカスを監視《かんし》し、もし、あやしいことがあったら、すぐに、明智先生《あけちせんせい》に電話をかけて、応援《おうえん》してもらうつもりなのです。

サーカスの大テントの中では、二とうのゾウの曲芸《きょくげい》がすんだところで、つぎには「馬に乗る十人の女王さま」という、だしものがあるのですが、そのあいだのつなぎの場面《ばめん》で、場内中央《じょうないちゅうおう》の広い砂場《すなば》に、へんてこな道化者の巨人が、あらわれていました。

その広い砂場《すなば》を、ぐるっととりまいて、うしろほど高くなった、満員《まんいん》の見物席《けんぶつせき》。その見物席のまん中に、中学の制服制帽《せいふくせいぼう》の少年が二十人、ずらっと二れつにならんで見物していました。まるで野球《やきゅう》の応援団《おうえんだん》みたいです。いうまでもなく、これは、少年探偵団《しょうねんたんていだん》の少年たちでした。

中央《ちゅうおう》の砂場の舞台《ぶたい》には、おそろしく大きな人間が、のそのそと歩いていました。ふつうのおとなの三倍《ばい》もあるような巨人《きょじん》です。その巨人は、そでのない、つりがねのような形《かたち》の、灰色《はいいろ》のマントを着《き》ていました。そのマントの長さが、四メートルほどもあるのです。

マントの上からのぞいている顔《かお》は、ふつうのおとなの顔ですが、からだが、そんなに大きいものですから、顔がばかに小さく見えます。その顔は、おしろいをまっ白にぬって、ほおに赤い丸のかいてある、あの道化師《どうけし》の顔です。頭には赤と白のだんだら染《ぞ》めの、とんがり帽《ぼう》をかぶっています。

マントの長さが四メートルですから、その巨人のせいのたかさは、五メートル以上です。そんな大きな人間が、いるはずはありません。

「あれは、きっと三人なんだよ。ひとりの肩《かた》の上に、もうひとりがのって、その上に、またもうひとりのっているんだ。そして、マントでかくしているんだよ。」

少年探偵団のひとりが、おかしそうに、となりの少年にささやきました。

「でも、あのマント、灰色《はいいろ》だねえ。おい、灰色の巨人《きょじん》だぜ、あいつ……」

べつの少年が、じょうだんをいいました。あの悪人《あくにん》の灰色の巨人が、こんなところにいるはずはありません。これは道化師《どうけし》たちのインチキ巨人です。しかし、「灰色の巨人」ということばを聞くと、少年たちは、ハッとしたように、顔《かお》を見あわせました。そうではないと思っていても、なんとなく、きみがわるくなったのです。

そのとき、見物席《けんぶつせき》に、おそろしい笑《わら》い声《ごえ》がおこりました。そして、大テントをゆるがすばかりの拍手《はくしゅ》です。

巨人が、灰色のマントをひるがえして、クルッとひっくりかえったのです。すると、今までひとりだった巨人が、三人になりました。大中小の三人の、こっけいな道化師になってしまいました。

みんな、とんがり帽《ぼう》をかぶっています。顔《かお》をまっ白にぬって、ほおに赤い丸がかいてあります。着物《きもの》も赤と白のだんだら染《ぞ》めの道化服《どうけふく》です。その三人が、せいのじゅんにならんで、見物席にむかっておじぎをしているのです。

右側《みぎがわ》の道化師は、せいのたかさ一メートルほどの一寸法師《いっすんぼうし》です。まん中は、ふつうのおとなです。左側《ひだりがわ》に立っているのは、すもうとりのような大男です。その大男のせいのたかさは、一寸法師と、まん中の道化師とを合わせたほどもあります。巨人が三人にわかれましたが、その中のひとりは、やっぱり巨人《きょじん》だったのです。その大中小の三人が、おそろいの道化服《どうけふく》で、おじぎをしているようすは、思わず、笑《わら》いだすほどおかしいのでした。

「ねえ、小林《こばやし》さん、やっぱり巨人がいるよ。小林さんが、隅田川《すみだがわ》で出あったやつ、あいつじゃなかったの？」

ひとりの少年が、小林団長《こばやしだんちょう》にささやきました。

「まだわからない。あんなにおしろいをぬってちゃあ、見わけられないよ。あとでおしろいをおとした顔《かお》を見てやろう。ひょっとしたら、あいつかもしれないからね。」

「でも、むこうでも、小林さんに気づきやしないかしら？」

「気づくかもしれない。しかし、だいじょうぶだよ。まさかサーカスから、逃《に》げだしゃしないよ。もし逃げだせば、すぐにあいつと、わかってしまうからね。」

「それに、一寸法師《いっすんぼうし》もいるんだぜ。巨人と一寸法師が、ちゃんとそろっているんだぜ。へんだな。ぼく、なんだかきみがわるくなってきた。」

「うん、もし悪人《あくにん》が、道化師《どうけし》にばけているとしたらね。でも、まだわからないよ。もうすこし見ていよう。あやしいことがあれば、すぐに、明智先生《あけちせんせい》に電話をかければいいんだからね。」

また、見物席《けんぶつせき》に、「わあっ」という声がおこり、拍手《はくしゅ》がなりひびきました。

砂場《すなば》の舞台《ぶたい》では、大中小三人の道化師《どうけし》が、クルクル、クルクルと、車のようにとんぼがえりをうって、アクロバットをやっていたのです。すもうとりのような大男も、みかけによらぬアクロバットの名人で、みごとにひっくりかえっています。

アクロバットがおわると、三人の道化師は、見物席《けんぶつせき》にむかって、もう一度《ど》ていねいなおじぎをして、サアッと、飛《と》ぶように楽屋口《がくやぐち》へひっこんでいきました。

長靴《ながぐつ》の女王さま

つぎは、いよいよ、「馬に乗る十人の女王さま」です。

バンドのいさましい音楽がはじまると、楽屋口のカーテンがサッとひらいて、馬にまたがった美しい女王さまが、しずしずとあらわれてきました。ひとり、ふたり、三人、四人……、みんな、おなじ服装《ふくそう》です。十人の女王さまが、十とうの馬にまたがって、砂場のまわりの馬場《ばば》を、グルグルとまわりはじめました。

じつに、美しいけしきでした。女王さまたちは、みんな若《わか》いきれいな女の人で、それが、まっ赤なラシャ*を白い毛皮《けがわ》でふちどった女王さまのマントをはおり、キラキラひかる王冠《おうかん》をかぶっているのです。王冠の金色と、マントの赤とがてりはえて、その美しさは、なん

＊ 地が厚くて織り目がはっきりせず、けばだっている毛織物

ともいえないほどです。

女王さまたちは、マントの下には、やはり赤いラシャに、白い太いすじのはいったズボンと、黒い長靴《ながぐつ》をはいていました。長靴には銀色《ぎんいろ》の*1拍車《はくしゃ》がついているのです。かぶっている王冠《おうかん》は、ひとりひとり、形《かたち》がちがっていますけれど、みんな金色にかがやいて、宝石《ほうせき》がちりばめてあるのです。金色はメッキで、宝石はガラス玉なのでしょうが、大テントの天井《てんじょう》からさがっている照明《しょうめい》のライトに、キラキラ、チカチカとひかって、目もまばゆいばかりでした。

十とうの馬たちはいさみたって、ヒヒン、ヒヒンと、いななきながら、だくをふんで、馬場を三度《ど》まわりました。すると、そのとき、バンドの音楽の調子《ちょうし》が、パッとかわったかと思うと、十人の女王さまたちは、赤いマントをひらりとぬいで、砂場《すなば》になげすて、むねに*2金モールのかざりのある赤いうわぎに赤いズボンの、身《み》がるな姿《すがた》になって、馬の曲乗《きょくの》りをはじめるのでした。

まっ赤な服《ふく》の美しい女王さまたちが、ひらり、ひらりと、右に左に、走る馬のせなかを、とびちがいました。それから、三とうの馬をならべて走らせ、ふたりの女王さまが、両はしの馬の上に立ち、まん中の女王さまが、ふたりの肩《かた》にのって、まっすぐに立ちあがり、パッと両手《りょうて》をひろげたまま、馬場をひとまわりします。すると、三つの王冠《おうかん》が、三段《だん》に

*1 馬に乗るとき、靴のかかとにつける金具　*2 金の糸で作った組みひも。帽子や肩章《けんしょう》などにつかう

なってキラキラかがやき、そこにちりばめた宝石《ほうせき》が、五色のにじのように見えるのです。

「小林《こばやし》さん、あれ、たしかにそうだよ。」

園井少年《そのいしょうねん》が、となりの小林団長《こばやしだんちょう》にささやきました。

「あれって？」

「ほら、ふたりの肩《かた》の上にのっている女王さまの王冠《おうかん》ね。ぬすまれた『にじの宝冠《ほうかん》』と、そっくりなんだ。あんなによくにた宝冠が、ほかにあるはずないよ。」

「えっ、あれが『にじの宝冠』だって？」

「そうだよ。もう、まちがいない。ほら、あれだけがほんとうの金だよ。ほんとうの宝石だよ。ほかの宝冠とくらべて、まるでひかりかたが、ちがっているでしょう。」

「うん、そういえば、あれだけよくひかるね。園井君《そのいくん》、きみの思いちがいじゃないだろうね。形《かたち》が、そっくりなのかい？」

「うん、まちがいない。あれだよ。たしかにあれだよ。」

園井少年は、いきをはずませて、いいきるのでした。

「よしっ、それじゃあ、ぼく、先生に電話をかけてくるからね。きみは、知らん顔《かお》しているんだよ。ほかの団員《だんいん》にも、いっちゃいけない。さわぎたてて、あいてに気づかれると、まずいからね。いいかい、すぐ帰ってくるからね。」

小林団長《こばやしだんちょう》は、そういいのこしてそっと席《せき》を立ち、便所《べんじょ》へでもいくような顔《かお》をして、テントの外へかけ出しました。そして、近くのタバコ屋《や》さんの電話をかりて、明智先生《あけちせんせい》に、このしだいを知らせたのです。

十人の女王さまのショーは、二十分あまりもつづきましたが、ありとあらゆる馬の曲乗《きょくの》りを見せたあとで、女王さまたちが、楽屋口《がくやぐち》へはいってしまうと、つぎは空中サーカスの番組《ばんぐみ》でした。大テントの天井《てんじょう》のいくつかのブランコがおろされ、砂場《すなば》の上には大きな救命網《きゅうめいあみ》がはりわたされました。

小林少年《こばやししょうねん》は、とっくに見物席《けんぶつせき》にもどっていましたが、空中サーカスの用意《ようい》がすすめられているときに、テントの入り口に、明智探偵《あけちたんてい》の姿《すがた》が、チラッと見えました。

小林君《こばやしくん》は、すぐそれに気づいて、いそいでそこへいきました。すると明智探偵は、小林君をものかげによんで、

「警官隊《けいかんたい》が、このテントを包囲《ほうい》している。警視庁《けいしちょう》の中村警部《なかむらけいぶ》もきているよ。で、その宝冠《ほうかん》をかぶった女の子は、どこにいるんだね。」

とささやきました。

「さっき、十人の女王さまのショーがすんだばかりです。今は楽屋《がくや》にいると思います。まだ着《き》がえもしていないかもしれません。」

小林君《こばやしくん》も、ささやき声で答えました。

「よしっ、それじゃ、ぼくと中村君《なかむらくん》とで、楽屋《がくや》をしらべる。きみたちも、目だたないようにここを出て、テントの外を見はってくれたまえ。」

明智《あけち》は、そういいのこして外に出ると、背広姿《せびろすがた》の中村警部《なかむらけいぶ》を手まねきして、ふたりで楽屋へはいっていきました。

空中の捕《と》り物《もの》

サーカスの楽屋は、大テントの横《よこ》の小テントの中にあるのですが、そこに数十人の座員《ざいん》がはいっているので、たいへんなこんざつです。その楽屋の一方のすみに、さっき、「馬に乗る十人の女王さま」に出た若《わか》い女の人たちが、まだ女王さまの赤い服《ふく》のままで、かたまっていました。みんな長靴《ながぐつ》をぬいでいましたが、宝冠《ほうかん》はまだかぶったままです。そこへ、道化師《どうけし》の一寸法師《いっすんぼうし》が、こそこそとはいってきました。もう道化服《どうけふく》をぬいで、ふだん着《ぎ》のジャンパー姿です。彼《かれ》は、女王さまたちの中のひとりの女の人のそばに近づいて、その耳に、なにかささやきました。その女の人は、「にじの宝冠」をかぶっているのです。

にじの女王さまは、一寸法師のささやきを聞くと、びっくりしたように立ちあがって、キョロキョロとあたりを見まわしました。そして、いきなり、人々をかきわけるようにして、テントの裏口《うらぐち》へ飛《と》びだしました。

裏口から外をのぞくと、そこには、制服《せいふく》の警官《けいかん》がふたり、目をひからせて立っていました。にじの女王は、それを見て、おどろいて首をひっこめました。そして、反対《はんたい》に、こんどは大テントのほうへ走りだしました。

ちょうどそのとき、明智探偵《あけちたんてい》と中村警部《なかむらけいぶ》が、楽屋口《がくやぐち》へやってきました。にじの女王は、ふたりのわきををサッとすりぬけて、大テントの中へ飛《と》びこみました。

「あっ、いまの女がそうだっ。」

明智探偵は、いそいでそのあとを追《お》います。中村警部も、いっしょに走りだしました。

にじの女王は大テントに走りこむと、天井《てんじょう》のブランコからさがっている綱《つな》につかまると、スルスルと、それをのぼっていきます。宝冠《ほうかん》をかぶった赤い服《ふく》の女王さまが、天井へのぼっていくのです。

そのとき、場内《じょうない》がにわかにざわめきはじめました。

「あいつを、つかまえろ。あいつが犯人《はんにん》だっ。」

砂場《すなば》にかけつけた中村警部が、天井のにじの女王をにらみつけて、おそろしい声で、どなったのです。

すると、テントの入り口から、四、五人の私服刑事《しふくけいじ》が、弾丸《だんがん》のように飛《と》びこんできました。そして、砂場《すなば》にかけつけると、その中のひとりが、いきなりさがっている綱《つな》にとびついて、にじの女王のあとを追《お》いはじめました。

このただならぬできごとに、見物席《けんぶつせき》は、総立《そうだ》ちになりました。座員《ざいん》たちも、びっくりして砂場へ集《あつ》まってきました。

綱の上のにじの女王は、下から刑事がのぼってくるのを見ると、いっそう手足をはやめて綱をのぼり、たちまち、天井《てんじょう》にさがっているブランコに乗《の》りました。そして、ブランコの棒《ぼう》にこしかけて、そこにかぎでひっかけてある下からの綱を、とりはずそうとしています。

ああ、あぶない。そのかぎをはずしたら、綱の中途《ちゅうと》までのぼっている刑事が、まっさかさまについらくするではありませんか。

刑事も、それに気がつきました。かぎをはずされるまえにのぼりきって、ブランコにとりつかなければなりません。彼《かれ》は、死《し》にものぐるいに綱をのぼりました。

そして、右手をぐっとのばして、ブランコにつかまろうとしたときです。

「ワーッ。」

という声が、見物席からおこりました。にじの女王は、あやういところで、かぎをはずしたのです。刑事《けいじ》のつかまっている綱《つな》が、サーッと下へ落《お》ちていきました。刑事は、二十メートルの上からついらくしたのです。

瞬間《しゅんかん》、場内《じょうない》は、墓場《はかば》のように、しいんとしずまりました。みんなが声をのんで、ついらくする刑事のからだを、見つめていたのです。

刑事は、まっさかさまに落ちてきました。そのまま地面《じめん》にぶっつかれば、気ぜつするか、死んでしまうかです。人々は手にあせをにぎりました。

しかし、刑事は運《うん》がよかったのです。ブランコは、砂場《すなば》の上にはりつめた、救命網《きゅうめいあみ》の上にありました。刑事はその網に落ちたのです。彼《かれ》のからだは、太い網の上で、まるくなって、ポンポンと二、三度《ど》はずみました。そして、うまく助《たす》かったのです。

中村警部《なかむらけいぶ》は、男の座員《ざいん》の中から、空中サーカスになれた人たちをえらんで、にじの女王を、つかまえてくれとたのみました。すると、強そうな三人の男が、ぴったりと身《み》についたシャツとズボン下のあの衣装《いしょう》で、三方からべつの綱をつたって、スルスルと、天井《てんじょう》にのぼっていきました。

ブランコの上のにじの女王は、それを見るとあわてました。自分より空中曲芸《くうちゅうきょくげい》のじょうずな男たちに、三方からとりかこまれては、どうすることもできないからです。

女王は、はげしく、ブランコをふりはじめました。大テントの天井《てんじょう》で、宝冠《ほうかん》と金モールの赤い服《ふく》が、サーッ、サーッと大きくゆれて、そのたびにキラッ、キラッと美しいにじが立つのです。

男たちは、もう天井《てんじょう》にのぼっていました。天井には、ブランコをさげる木の棒《ぼう》が、たてよこに組みあわせてあります。男たちは、その棒をつたって、三方から、女王のブランコにせまっていきました。

ブランコは大テントの天井にとどくほども、大きくゆれていました。それが上にあがったときには、にじの女王のからだが、まっさかさまになるほどです。でも宝冠《ほうかん》が落《お》ちる心《しん》配《ぱい》はありません。宝冠はほそいひもで、しっかり、あごにくくりつけてあるのです。

三人の男のうちのひとりは、もうブランコの上まで来ていました。そこの棒の上に、からだをよこにして、手をのばしてブランコの綱《つな》をつかもうとしています。

しかし、女王のほうが、すばやかったのです。彼女《かのじょ》は、ブランコが、いちばん高くあがったとき、パッと手をはなして、天井の木の棒にとびつきました。そして、その棒の上に、すっくと立ちあがると、大テントの合わせめをぐっとひらいて、そこをくぐって、テントの外へ出てしまいました。

つまり、サーカスの屋根《やね》の上へ、のぼったのです。

三人の男たちは、いそいでそのあとを追《お》いました。そして、同じテントの合わせめから、つぎつぎと屋根《やね》の上へ出ていきました。

見物人《けんぶつにん》たちには、もう、その姿《すがた》が見えません。ただ、テントの布《ぬの》に、四つの黒い影《かげ》がうつっているばかりです。その黒い影が、高い高いテントの屋根で、おそろしいおにごっこをはじめたのです。

灰色《はいいろ》の巨《きょ》ゾウ

そのさわぎのさいちゅうに、テントの外に、ワーッという、ときの声があがりました。

「ゾウだっ、ゾウが逃《に》げた。」

サーカスの裏手《うらて》をみはっていた五人の警官《けいかん》が、いちもくさんに逃げてきます。そのうしろから、一とうの大きなゾウが、のそりのそりと歩いてきました。サーカスの前につながれていた足のくさりを切って、逃げだしたのです。

サーカスの人たちも、これに気づくと、テントの外へ飛《と》びだしてきましたが、ゾウ使《つか》いの男がどこかへいって、そのへんにいないものですから、どうすることもできません。ただ、ゾウを遠まきにして、ワアワアさわいでいるばかりです。

そのとき、大テントの屋根の上の宝冠《ほうかん》の少女は、三人の男に追《お》いつめられて、ちょうどゾウが歩いている上の、テントのはじまで逃《に》げていました。そこはテントの屋根《やね》のとったんですから、もう逃げるところがありません。うしろからは、男の曲芸師《きょくげいし》たちが、おそろしい顔《かお》でせまってきます。

少女はテントのはじから、下をのぞきました。そこにだれもいなければ、飛《と》びおりるつもりだったのです。ところが、その下には、おおぜいの人が、逃げだしたゾウをとりまいて、さわいでいるではありませんか、そんなとこへ飛びおりたら、いっぺんに、つかまってしまいます。

しかし、いま飛びおりなければ、つぎの瞬間《しゅんかん》には、うしろからせまってくる曲芸師に、つかまるのです。少女は、いそがしく頭をはたらかせているうちに、はっと、ひとつの考えがうかびました。いちかばちかの大冒険《だいぼうけん》です。でも、今となっては、もうそのほかに、のがれるみちはありません。

ゾウはちょうど少女の真下《ました》を、のそのそと歩いていました。少女は、そのゾウのせなかをめがけて、パッと、身《み》をおどらせたのです。ひとつまちがえば、ゾウにふみころされてしまうところでした。しかし、さすがに曲芸できたえた腕《うで》まえです。少女はうまくゾウのせなかに飛《と》びおりて、そこにすがりつき、たちまち、ゾウの首にまたがってしまいました。

のんきらしく歩いているところへ、ふいに天から人がふってきたものですから、ゾウはびっくりしてしまいました。ひと声ゴウッとうなると、長い鼻《はな》をまっすぐにのばして、いきなりタッタッタッと、かけだしたではありませんか。

遠まきにしていた人々は、ワーッといって、クモの子をちらすように逃《に》げ走りました。ゾウ使《つか》いがいないので、だれもゾウをとりしずめるものがありません。うっかり前にまわろうものなら、たちまちふみころされてしまいます。

少女をのせたゾウは、どんどん走って八幡神社《はちまんじんじゃ》の森の中へはいりました。警官《けいかん》、サーカスの人たち、さわぎを聞いてテントから出てきた見物人《けんぶつにん》たち、百人にちかい人々が、はるかうしろから、ゾウを追《お》ってきましたが、ただワアワアといっているばかりで、とても近よる勇気《ゆうき》はありません。

いちばん勇敢《ゆうかん》なのは、二十人の少年探偵団員《しょうねんたんていだんいん》でした。彼《かれ》らは小林団長《こばやしだんちょう》のさしずで、十人ずつ二隊《たい》にわかれ、一隊は神社《じんじゃ》のむこうの二つの出口にさきまわりをして、ゾウの出てくるのを待ちうけ、一隊はゾウのうしろから、おおぜいの人たちの先頭にたって走っていくのでした。

ゾウが神社の森にはいったときも、少年たちは、その入り口のすぐそばまできていました。ところが、そこで、おそろしいことがおこったのです。ゾウが、いきなりクルッと、うしろをむいたのです。そして、長い鼻《はな》をふり動《うご》かし、大きな耳をばたばたさせ、白いキバをさかだて、まっ赤な口を大きくひらき、ゴーッという、すさまじいうなり声をたてて、いまにも飛《と》びかかりそうにしました。

さすがの少年たちも、そのものすごい形相《ぎょうそう》を見ると、いちもくさんに逃《に》げだしました。それにつれて、おっかなびっくりで少年団員《しょうねんだんいん》のあとからついてきた人々も、ワーッと、なだれをうって逃げるのでした。

みんなが逃げさるのを見ると、巨《きょ》ゾウはまたむきをかえて、宝冠《ほうかん》の少女をせなかにのせたまま、神社《じんじゃ》の森の中へ姿《すがた》を消《け》してしまいました。

あんなにおどろかされたので、もうだれも森の中へはいろうとするものはありません。

そこの入り口を遠まきにして、がやがやさわいでいるばかりです。

それから十分ほどもたったでしょうか。神社のむこうの出口にまわっていた、少年探偵《しょうねんたんてい》団員《だんいん》のひとりが、いきせききって走ってきました。そして、こちらにいた小林団長《こばやしだんちょう》を見つけると、そのそばにかけよって、

「小林さん、ゾウはむこうから出ていきました。でも宝冠をかぶった女の人は、ゾウに乗《の》っていないのです。この森の中へかくれたのだろうと思いますから、ぼくたちは、あちらの見はりをつづけます。」

と報告《ほうこく》し、そのまま引きかえしていきました。

小林少年《こばやししょうねん》が、そのことを、そばにいた警官《けいかん》たちにつたえますと、警官のひとりが、まだサーカスの中にいた中村警部《なかむらけいぶ》をよびに走り、やがて、警部と三人の刑事《けいじ》がかけつけてきました。それから森の入り口にいた五人の警官を、神社《じんじゃ》の三つの出入り口や、まわりの土塀《どべい》の外に見はりをさせておいて、警部と三人の刑事は、神社の森の中の捜索《そうさく》をはじめました。

小林少年は、そこにいた団員《だんいん》のうちの五人に、警官とおなじように見はり番をさせ、あとの四人をつれて警部のあとから森の中にはいり、捜索の手つだいをしました。

向《む》こう側《がわ》の入り口に石の鳥居《とりい》があって、そこから社殿《しゃでん》まで、ずっとしき石の道がつづき、両側《りょうがわ》にたくさんの石どうろうがならび、社殿の前には、二ひきの大きな石のコマイヌが、石のだいの上にうずくまっています。そのあたりはいうまでもなく、森の立ち木の中、社《しゃ》務所《むしょ》の建物《たてもの》の中、社殿の中、のこるくまなくしらべました。中村警部は、社務所の神官《しんかん》にたのんで、一年に一度《ど》しかひらかない、社殿のおくのとびらをひらかせてみました。社殿や社務所や堂《どう》の床下《ゆかした》もしらべました。

中村警部と三人の刑事と、小林君《こばやしくん》たち五人の少年のほかに、向こう側の入り口に、見はりをつとめていた十人の少年のうちの五人が、中途《ちゅうと》から捜索《そうさく》にくわわったので、少年団員は十人です。それだけの人数で一時間あまりもさがしにさがしても、宝冠《ほうかん》の少女は、どこにも発見《はっけん》することはできませんでした。神社《じんじゃ》への三つの出入り口は、警官《けいかん》と少年団員《しょうねんだんいん》とで見はっていましたし、神社の森をかこむ土塀《どべい》の外にも、警官や少年が行ったりきたりしていたのですから、少女が神社の外へ逃《に》げだすことは、ぜったいにできなかったのです。たしかに、中にいたのです。それが、こんなにさがしても、見つからないのですから、じつにふしぎというほかはありません。あの少女は忍術《にんじゅつ》でもつかって、姿《すがた》を消《け》してしまったのではないでしょうか。

一寸法師《いっすんぼうし》のゆくえ

中村警部《なかむらけいぶ》は、ひとまず捜索《そうさく》をうちきって、明智探偵《あけちたんてい》ののこっているサーカスの中へひきあげることにしました。少年探偵団員《しょうねんたんていだんいん》も、そのあとについてひきあげたのですが、その道《みち》で、園井正一少年《そのいしょういちしょうねん》は小林団長《こばやしだんちょう》に話しかけました。

「ねえ、小林さん、あの女の人、どこへかくれたんだろう。まるで魔法使《まほうつか》いみたいだね。」

「うん、ふしぎだねえ。しかし、きっとあの神社の中の、どこかにかくれているんだよ。明智先生《あけちせんせい》ならさがしだせるんだがなあ。」

「先生はどこにいるんだろう。」

「サーカスの中だよ。」

「どうして神社《じんじゃ》へ、こなかったんだろう。」

「サーカスの中に犯人《はんにん》がいるからさ。」

「えっ、犯人が?」

「あの一寸法師《いっすんぼうし》と大男さ。ほんとうの犯人はあのふたりかもしれないよ。だから、先生は、ふたりのやつを見はっていらっしゃるのだよ。」

「ああ、そうか……。だが、ねえ、小林さん、ゾウはどうしたんだろうね。ぼく心配《しんぱい》だよ。町の人が、鼻《はな》でまきあげられたり、キバで、きずつけられたり、あの大きな足で、ふんづけられたりしているんじゃないかしら。」

「いま時分は、大さわぎをやってるよ。中村警部《なかむらけいぶ》さんに聞いたらね、警察《けいさつ》と消防署《しょうぼうしょ》から、おおぜいの人が、ゾウをつかまえるために出動《しゅつどう》しているんだって。町の中のゾウ狩《が》りだよ。」

「ピストルでうつのかしら。」

「いや、ころさないで、つかまえるんだって。そのために消防自動車《しょうぼうじどうしゃ》が、何台も出ているんだって……正《しょう》ちゃん、きみどう思う? あのゾウは灰色《はいいろ》だろう。だから、灰色の巨《きょ》ゾウだね。……灰色《はいいろ》の巨人《きょじん》……灰色の巨《きょ》ゾウ。なんだか口調《くちょう》がにてるじゃないか。」

「ほんとだ。灰色の巨ゾウだね。へんだねえ。なにかわけがあるのかしら。」

「なんだか、あやしいよ。こんどの犯人《はんにん》は魔法使《まほうつか》いみたいなやつだからね。どこにどんな意味《いみ》が、かくされているかわからないよ。」

そんな話をしているうちに、サーカスにつきました。あんなさわぎがあったので、きょうは、興行《こうぎょう》を中止することにして、見物人《けんぶつにん》たちは、みんな帰してしまいましたので、大テントの中はがらんとして、きみのわるいほどしずかになっていました。

中村警部《なかむらけいぶ》は楽屋《がくや》の入り口で明智探偵《あけちたんてい》を見つけて、神社《じんじゃ》のできごとを、のこらず話して聞かせました。そして、

「一寸法師《いっすんぼうし》と大男は、どこにいるんだね。」

とたずねるのでした。すると明智は、まゆをしかめて答えました。

「まったく、ゆくえ不明《ふめい》なんだ。どこへいったのか、まるで、煙《けむり》のように消《き》えてしまった。」

「えっ、あのふたりも消えてしまったのか。宝冠《ほうかん》の少女も消えてしまったし、こりゃいったいどうしたことだろう。」

「楽屋をさがしてもいないので、見物人にまじって逃《に》げだしやしないかと、ぼくは、見物

人が帰りかけてから、ずっと、木戸口《きどぐち》で見はっていた。あんな大男とこびとだから、いくらごまかそうとしても、すぐわかるはずだが、それらしいやつは、見物人《けんぶつにん》の中にはひとりもいなかった。」

「テントのすそをまくって、出入り口でないところから逃《に》げだす手もあるが、それは、テントのまわりに、見はりの巡査《じゅんさ》をのこしておいたから、見のがすはずはないね。」

「そうだよ。その見はりの警官《けいかん》にたずねてみたが、ぜったいに、逃げだしたはずはないというんだ。楽屋《がくや》のものも、ひとりひとりしらべたが、だれも知らない。ゾウのさわぎのとき、楽屋から飛《と》びだしていった連中《れんじゅう》もあるが、その中には、大男も一寸法師《いっすんぼうし》もいなかったはずだね。」

「それは、ぼくの部下《ぶか》が見て知っている。あの連中の中には、そのふたりはまじっていなかった。これは、まちがいない。」

「すると、やっぱり、このテントのどこかに、かくれているのかもしれない。そして、宝《ほう》冠《かん》の少女も、まだ神社《じんじゃ》の中にかくれているのかもしれない。じつにおもしろくなってきた。ぼくはこういう犯罪《はんざい》がすきだよ。魔法使《まほうつか》いみたいなやつがね。それについて、ぼくは、ひとつ考えがある。その考えをやってみるつもりだ。きっと三人とも発見《はっけん》してみせる。」

明智《あけち》は自信《じしん》ありげにいうのでした。それにしても、大男と、一寸法師と宝冠の少女は、どこにどうして、かくれているのでしょう。また、明智探偵《あけちたんてい》は、あれほど捜索《そうさく》してもわからなかった三人を、いったい、どんな方法でさがしだそうというのでしょう。

あとでわかったのですが、三人は、じつにふしぎな場所《ばしょ》にかくれていました。彼《かれ》らは、いつもみんなの目の前にいたのです。それでいて、ぜったいに発見《はっけん》されないような、かくれかたをしていたのです。それがわかったとき、読者諸君《どくしゃしょくん》は、あっとおどろくにちがいありません。明智探偵でさえもおどろいたのです。中村警部《なかむらけいぶ》や部下《ぶか》の警官《けいかん》たちは、いっそうおどろいたのです。

しかしこの秘密《ひみつ》は、あとのおたのしみとして、その前に、神社《じんじゃ》から町へ逃《に》げだした巨《きょ》ゾウが、どうしてつかまったかということを、しるしておかなければなりません。

町のゾウ狩《が》り

八幡神社《はちまんじんじゃ》から逃げだしたゾウは、夕がたの町を、のそりのそりと歩いていきました。

ラジオが、ゾウの逃げたことをいちはやくつたえたので、その近くの町には、ぱったりと人通りがとだえてしまいました。いつもはにぎやかな町が、まるで真夜中のように、しずまりかえっているのです。

ゾウのはるかうしろから、警官《けいかん》の一隊《いったい》がものものしく、ついせきしています。しかし、ゾウに近よるものは、だれもありません。

やがて、ゾウは電車通りに出ました。そこには、まだ自動車《じどうしゃ》が走り、人が歩いていましたが、巨《きょ》ゾウの姿《すがた》をひと目見ると、人も自動車も、大いそぎで逃《に》げだしてしまいました。

そこへ、むこうから電車が走ってきました。運転手《うんてんしゅ》はラジオを聞いていなかったので、なにも知らないのです。ヒョイと気づいたときには、もうゾウが目の前に近づいていました。運転手は、びっくりぎょうてんし、ブレーキをかけました。

しかし、おどろいたのは、運転手よりもゾウのほうでした。大きな家のようなものが、自分のほうへ突進《とっしん》してきたので、びっくりして、いきなりあばれだしました。今まで、のそのそと歩いていたのが、おそろしいいきおいで走りだしたのです。もう手がつけられません。警官隊《けいかんたい》は、ただそのあとから走っていくばかりです。

そのころ、近くの消防署《しょうぼうしょ》から、四台の消防自動車《しょうぼうじどうしゃ》が出動《しゅつどう》していました。ゾウの進《すす》んでいく道は、たえず電話で知らされていたので、消防車はさきまわりをして、ゾウを待ちうけることにしたのです。その赤い車体が、電車通りのはるかむこうに、あらわれました。

ゾウは電車通りを三百メートルも走ると、横町《よこちょう》にまがりました。消防車はそれを待っていたのです。二台は、大まわりをして、ゾウのゆくてに立ちふさがり、あとの二台はゾウのうしろからせまりました。つまり、ゾウをはさみうちにしようというのです。

横町《よこちょう》にはいると、ゾウはいくらか気がしずまったらしく、かける速度《そくど》がにぶくなってきました。しかし、まだのそのそではありません。タッタッタッと、いきおいよく進《すす》んでいきます。

そのとき、ゾウのゆくてに、さきまわりをした二台の消防車《しょうぼうしゃ》が横にならんで、とおせんぼうをしていました。そんなに広い町ではありませんから、二台の消防車が横にならぶと、まったくすきがなくなってしまうのです。いくらゾウでも、あの大きな消防車を、飛《と》びこすことはできません。しかたがないので、ゾウはそこで立ちどまり、クルッとむきをかえて、うしろへひきかえそうとしました。

ところが、うしろをむくと、すぐそこに、べつの消防車が二台横にならんで、とおせんぼうをしていました。そこにも自動車《じどうしゃ》の壁《かべ》ができていたのです。ゾウはめんくらって、また立ちどまり、もう一度《ど》、むきをかえて歩きだしましたが、五メートルもいくと、さっきの自動車の壁です。そこでまたむきをかえる。そうして、ゾウは消防車と消防車のあいだを行ったりきたり、おなじところを、グルグルまわるほかはなくなったのです。

それよりすこし前、上野動物園《うえのどうぶつえん》のゾウ使《つか》いの名人が自動車でかけつけて、消防車のうしろに待ちかまえていました。またどこかへあそびに出かけていたサーカスのゾウ使いも、ラジオを聞いて、おどろいてかけつけました。
消防車《しょうぼうしゃ》で前後をふさがれ、グルグルまわっているうちに、だんだん気がしずまっている
ところへ、ゾウ使《つか》いがふたりもきたのですから、もうだいじょうぶです。ゾウは、なんな
くゾウ使いにつかまえられ、水や、えさをあてがわれて、すっかりおとなしくなってしま
いました。
それから、ふたりのゾウ使いは、なるべくしずかな町を通って、ゾウをサーカスまで、
つれもどすことができました。こうして、あれほどのゾウのさわぎも、ひとりのけが人も
出さないで、ことなくおさまったのでした。
さて、ゾウはもどりましたが、ゆくえ知れずになった三人の人間がのこっています。
明智探偵《あけちたんてい》は、あの大男と一寸法師《いっすんぼうし》は、サーカスのテントの中に、宝冠《ほうかん》の少女は、神社《じんじゃ》の
森の中に、ふしぎな魔術《まじゅつ》をつかって、かくれているというのですが、彼《かれ》らは、いったい、
どのようなかくれかたをしたのでしょうか。
明智は助手《じょしゅ》の小林少年《こばやししょうねん》に、ひとつの命令《めいれい》をあたえました。
小林君《こばやしくん》は、明智先生にたいしては助手ですが、少年探偵団《しょうねんたんていだん》にたいしては、指揮権《しきけん》を持つ
団長《だんちょう》です。
そこで、二十人の少年団員《しょうねんだんいん》を指揮して、明智先生にかわって、三人の悪人《あくにん》をさがすこと

になるのです。

おばけ玉

そこで小林団長《こばやしだんちょう》は二十人の団員《だんいん》を十人ずつ二組《ふたくみ》にわけ、一組《ひとくみ》の十人には、八幡神社《はちまんじんじゃ》の森の中を見はらせることにしました。宝冠《ほうかん》の少女が、森のどこかにかくれていて、こっそり逃《に》げだすといけないからです。のこる十人を、また五人ずつ、二組にわけました。そして、一組の五人には、サーカスの大テントの前に、いろいろな動物《どうぶつ》がならべてある中の、クマのおりの見はりを命《めい》じました。その鉄棒《てつぼう》のはまったおりの中には、曲芸《きょくげい》をする大きなクマがはいっているのです。なぜ、クマのおりを見はらせたか、そのわけは、やがてわかります。

小林団長と園井少年《そのいしょうねん》は、最後《さいご》の五人の一組の中にのこりました。そして、大テントの曲《きょく》芸場《げいじょう》から、楽屋《がくや》へ出入りするカーテンのところへ集《あつ》まりました。

小林君《こばやしくん》はさきに立って、大きなカーテンをまくり、楽屋の通路《つうろ》へはいっていきました。通路の両側《りょうがわ》には、曲芸につかういろいろな道具《どうぐ》がおいてあります。

その中に、「玉乗《の》り」の大きな玉が五つころがっていました。土でできた重《おも》い玉で、白と赤のだんだら染《ぞ》めになっています。その上に曲芸師《きょくげいし》の少女が乗《の》って、足でクルクルまわしながら歩きまわる、あの玉です。

「おや、ひとつだけ、でっかい玉があるね。巨人《きょじん》の玉だね。」

ひとりの少年が、五つの玉の中のひとつを指《ゆび》さして、いいました。それだけが、直径《ちょっけい》八十センチもある、大きな玉なのです。

「これは、きっと、女の子じゃなくて、おとなが乗るんだよ。あの大男の道化師《どうけし》が乗るのかもしれないね。」

べつの少年がいいました。みんなが「灰色《はいいろ》の巨人《きょじん》」のことを、考えているものですから、「巨人」とか「大男」とかいうことばが、つい口に出るのです。

小林団長《こばやしだんちょう》は、そのとき、くちびるに指をあてて、みんなにだまるように、あいずをしました。そして、その大きな玉のそばへ近よると、両手《りょうて》で玉を動《うご》かしながら、なにかしらべようとしました。

すると、ふしぎなことがおこったのです。小林君《こばやしくん》が、ちょっと動かした玉が、そのままとまらないでゴロゴロころがりはじめました。まるで、いきもののように、ひとりで、むこうのほうへころがっていくのです。

少年たちは、それを見ると、びっくりして立ちすくんでしまいました。

そこはべつに、坂《さか》になっているわけではありません。ひとりでころがるどうりがないのです。しかも、玉のころがる速度《そくど》が、だんだん速《はや》くなっていくではありませんか。

おばけ玉です。

少年たちは、「ワーッ」といって、逃《に》げだしそうになりました。

しかし、小林団長《こばやしだんちょう》だけは逃げるどころか、そのおばけ玉を、追《お》っかけて走りだしました。

「おい、みんな、追っかけるんだ。あの玉を、追っかけるんだ。」

団長の命令《めいれい》とあっては、逃げるわけにもいきません。少年たちは団長のあとについて、おばけ玉のあとを追いました。

玉は、カーテンの外の、曲芸場《きょくげいじょう》の砂場《すなば》へ出て、そのまん中にある、大きなまるい板《いた》ばりの舞台《ぶたい》へころがっていきました。この板ばりの上で、いつも「玉乗《の》り」が、演《えん》じられるのです。

白と赤のだんだら染《ぞ》めの大きな土の玉は、まるで、目に見えぬ人間がその上に乗ってでもいるように、右に左に、ゴロゴロ、ゴロゴロ、板ばりの上をころげまわりました。

少年たちは、このふしぎなおにごっこに、だんだん元気づいて、いまは、「ワーッ、ワーッ」と、ときの声をあげながら、おばけ玉を追っかけまわすのです。

ほんとうに、おにごっこでした。玉は、逃げよう、逃げようとする。少年たちは、逃がすまいと、さきまわりをして、とおせんぼうをする。

そして、とうとう、おばけ玉は少年たちに四方からとりかこまれ、おさえつけられて、もう動《うご》けなくなってしまいました。

すると、そのとき、じつにとほうもないことがおこったのです。少年たちは、「ワーッ」とさけんで、玉のそばからとびのきました。

ごらんなさい！　土の玉が、まっぷたつにわれたのです。そして、モモの中から桃太郎《ももたろう》が飛《と》びだすように、その玉の中から、へんなやつが飛びだしてきたのです。

でっかい頭に赤白の運動帽《うんどうぼう》をかぶり、赤いジャンパーに、はでなしまズボン、顔《かお》はおとなで、からだは子どもみたいなやつです。

「あっ、一寸法師《いっすんぼうし》だっ。」

それは、宝冠《ほうかん》をぬすみだした一寸法師でした。土の玉の中がくりぬいてあって、そこが一寸法師のかくれ場になっていたのです。玉が、ひとりでころがったわけも、これでわかりました。小林団長《こばやしだんちょう》が、ポケットから呼《よ》び子《こ》の笛《ふえ》を出して、ピリピリリッ……と、ふきならしました。

すると、ライトのむこうのほうから、明智探偵《あけちたんてい》と、中村警部《なかむらけいぶ》、数名の警官《けいかん》がかけつけてきました。そして、一寸法師は、なんなくつかまってしまったのです。

＊人を呼ぶあいずの笛

「おてがら！　おてがら！　さすがは少年探偵団《しょうねんたんていだん》だね。よく一寸法師《いっすんぼうし》を、さがしてくれた。」

中村警部《なかむらけいぶ》が、ニコニコして、少年たちのてがらをほめました。

「これで、ひとりはつかまったが、あとにまだ、ふたりいる。小林君《こばやしくん》、しっかりやるんだよ。」

明智探偵《あけちたんてい》が、小林団長《こばやしだんちょう》の肩《かた》をたたいて、はげますのでした。明智は、自分がやればなんでもないのですが、こういうときに、小林君や、少年団員《しょうねんだんいん》たちに、じゅうぶん、てがらをたてさせてやろうと考えていたのです。

そのとき、ひとりの警官《けいかん》が走ってきて、中村警部に報告《ほうこく》しました。

「あちらのオートバイ曲芸《きょくげい》のおけの中に、クマが落《お》ちこんでいます。くさりを切って、逃《に》げたらしいのです。」

それを聞くと、「よしっ」といって、明智探偵は、そのほうへかけだしました。小林君や少年団員たちも、そのあとにつづきます。中村警部と数名の警官は、一寸法師《いっすんぼうし》をとりかこんで、もとの場所《ばしょ》にのこっていました。

大グマと巨人《きょじん》

大テントのとなりに、小さいテントがあって、その中にオートバイ曲芸《きょくげい》の巨大《きょだい》なおけのようなものがすえてありました。それは直径《ちょっけい》五メートルもある、大きな深《ふか》いおけで、オートバイ選手《せんしゅ》がその内側《うちがわ》をグルグルまわる、あの冒険曲芸《ぼうけんきょくげい》の舞台《ぶたい》です。

巨大なおけの上の、外まわりに、板《いた》ばりの見物席《けんぶつせき》があります。明智探偵《あけちたんてい》と小林少年《こばやししょうねん》と少《しょう》年探偵団員《ねんたんていだんいん》たちは、はしごをかけあがって、その見物席にならび、おけの中をのぞきました。

深いおけのそこに、一ぴきのクマが、グルグル歩きまわっていました。鉄《てつ》のくさりで、おりの中にしばりつけてあったのを、ひきちぎって逃《に》げだしてきたのでしょう。半分にちぎれたくさりが、あと足についていています。

「じゃあ、こいつは、テントの前のおりをやぶって、逃げてきたのですね。」

小林君《こばやしくん》が、なにか意味《いみ》ありげに、明智探偵の顔《かお》を見ました。

「そうらしいね。だが、あのおりの中にもまだクマがいるかもしれないよ。いってみてごらん。」

明智探偵《あけちたんてい》がみょうなことをいいました。

「でも、このサーカスには、クマは一ぴきしかいないはずです。」

「それが二ひきになったかもしれないのだよ。ためしに、見にいってごらん。」

明智探偵は、ときどき、こんなふしぎなことをいいます。しかし、それは、いつでも、けっしてまちがっていないのです。

小林少年《こばやししょうねん》は、ともかく、クマのおりをしらべるために、はしごをおりて、大テントの前へかけつけました。

見ると、そのおりのまわりには、さっき、クマの見はりをするように、さしずをしておいた五人の少年が集《あつ》まっていました。そして、おりの中には、ちゃんと、クマがいたではありませんか。

「あっ、小林さん。」

少年のひとりが、ふりむいて声をかけました。小林君《こばやしくん》は、いそがしくたずねます。

「きみたち、ずっとここにいたんだろうね。」

「うん、ここにいたよ。」

「そのクマは、一度《ど》も、おりを出なかったろうね。」

「もちろん、出るはずはないよ。」

「ふしぎだなあ。クマが二ひきになったんだよ。」

「えっ、二ひきに?」

「あっちに、冒険《ぼうけん》オートバイの大きなおけがあるだろう。あのおけのそこにも、一ぴきのクマがいるんだよ。足のくさりがちぎれてるから、おりから逃《に》げたにちがいないんだ。」

小林団長《こばやしだんちょう》は、腕組《うでぐ》みをして考えこみました。

「おやっ、そういえば、このクマの足には、くさりがついていないよ。ほらね。そして、おりのすみに、半分にちぎれたくさりがのこっている。へんだなあ。」

ひとりの少年が、それを指《ゆび》さして、いいました。

「それに、このクマ、ばかにでっかいじゃないか。前からいたクマは、この半分ぐらいしかなかったよ。」

また、ひとりの少年が、それに気づいてさけびました。

「そうだ。こんな大きなクマじゃなかったね。」

小林少年《こばやししょうねん》も、そう思いました。おりの中のクマは、オートバイのおけの底《そこ》にいたクマの二倍《ばい》もあるのです。

なんだかきみがわるくなってきました。いったい、どこから、こんなでっかいクマが、やってきたのでしょうか。ひょっとしたら、こいつが、もう一ぴきのクマを追《お》いだして、このおりをせんりょうしたのかもしれません。

「このクマのかっこう、なんだか、へんだねえ。あと足が、いやに長いよ。」

ひとりの少年がいいました。いかにも、そういえば、どことなくへんなかっこうです。

小林君《こばやしくん》は、じっとクマの姿《すがた》を見ていましたが、そのとき、決心《けっしん》したようにさけびました。

「そうだ。きっとそうだ。よしっ、先生と、おまわりさんをよんでこよう。そして、こいつを、もっとよくしらべるんだ。」

そして、その場を、立ちさろうとしたときです。おりの中のクマが、いきなりあと足で立ちあがって、まっ赤な口をひらいて、ウオーッとうなりました。今にも、少年たちに、飛《と》びかかってくるようないきおいです。

みんなは、はっとして、おりの鉄棒《てつぼう》のそばをはなれました。

すると、大グマは、まえ足でおりのとびらを、ガチャガチャいわせていましたが、またウオーッとうなって、大きなからだをとびらにぶっつけたかと思うと、それが、パッとひらいたのです。おりのとびらが、大きくひらいてしまったのです。

少年たちは、わあっとさけんで逃《に》げだしました。

クマは、ひらいたとびらから、おりの外へとびだし、いきなり八幡神社《はちまんじんじゃ》の森のほうへかけだしていきました。

さっきはゾウが逃《に》げだし、やっとそれをつかまえたかと思うと、こんどはクマです。またクマ狩《が》りを、はじめなければなりません。

小林団長《こばやしだんちょう》は、呼《よ》び子《こ》をとりだして、ピリピリ……と、ふきならしました。すると、テントの入り口から、数名の警官《けいかん》がかけつけてきました。

「たいへんです。クマがおりをやぶって逃げたのです。ほら、あすこへ、走っていきます。」

それを聞くと、警官たちは腰《こし》のピストルをとりだして、走りだそうとしました。

「ちょっと、待ってください。」

小林君《こばやしくん》は、警官たちをとめて、なにかヒソヒソと、ささやきました。

「ね、だから、ピストルをうっちゃいけません。手でつかまえてください。そして……、ね、わかったでしょう。」

警官たちは、へんな顔をして、

「それは、まちがいないだろうね。」

と、ねんをおしました。

「だいじょうぶです。明智先生《あけちせんせい》の命令《めいれい》です。」

「よしっ、それじゃあ……」

というので、警官《けいかん》たちは、ピストルをサックにしまい、そのまま、おそろしいいきおいでかけだしました。小林君《こばやしくん》をはじめ、少年たちも、そのあとにつづきます。

大グマは、もう神社《じんじゃ》の裏門《うらもん》から、森の中へ飛《と》びこんでいました。警官や少年たちが、裏門にかけつけたときには、どこにかくれたのか、そのへんにクマの姿《すがた》は見えません。みんなは、あちこちとさがしまわりました。

「へんだなあ。あんなわずかのまに、遠くへ逃《に》げることは、できないはずだが。」

警官のひとりが、ふしぎそうにつぶやきました。

すると、そのとき、小林少年《こばやししょうねん》が、空を指《ゆび》さしながら、とんきょうな声をたてました。

「あっ、あすこにいる。あの木の枝《えだ》にのぼっている。」

見ると、クマは大きなカシの木の枝にとりすがって、下をにらんでいるのです。

「しかたがない。ピストルでおどかそう。」

警官は小林君とヒソヒソささやきあったあとで、腰《こし》のピストルをとりだし、空にむかって、一発《ぱっ》ぶっぱなしました。

「こらっ、おりてこい。おりてこないと、うちころしてしまうぞっ。」

警官はまるで、人間によびかけるようにどなりました。

すると、クマのほうでも、そのことばがわかったのか、うたれてはたまらないといわぬばかりに、木の枝《えだ》の上でまごまごしていましたが、いきなり、ぱっと地上にとびおりたかと思うと、すぐ立ちなおって、表門《おもてもん》のほうへかけだしました。

少年たちは、「ワーッ」といって逃《に》げだしましたが、警官《けいかん》と小林団長《こばやしだんちょう》は逃げません。勇《ゆう》敢《かん》にクマを追《お》っかけていくのです。

クマは、木の幹《みき》のあいだをぬうようにして、ぐるぐる逃げまわります。クマと人間のおにごっこです。

ふたりの警官がさきまわりをして、木のかげに待ちぶせしました。おおぜいに追っかけられて、ちまよったクマは、それとも知らず、ちょうどそのほうへ逃げていきます。

三メートルほどに近づいたとき、ふたりの警官は、ワーッとさけんで、木のかげから飛《と》びだし、クマの目の前に大手をひろげて、立ちふさがりました。

クマはびっくりして、ひきかえそうとしましたが、うしろからは、べつの警官が追っかけてきます。はさみうちになってしまったのです。

さすがの大グマも、「しまったっ」というように立ちすくむ。そのすきを見て、まえとうしろから三人の警官がとびかかっていきました。そして、くんずほぐれつの大格闘《だいかくとう》がはじまったのです。

そのころには、神社《じんじゃ》の境内《けいだい》を見はっていた少年たちも、みんな集《あつ》まってきました。そして、格闘《かくとう》のまわりをとりかこんで、ワーッ、ワーッと、警官《けいかん》に声援《せいえん》をおくるのでした。

クマは大きな図体《ずうたい》にしてはあんがいよわいやつで、しばらくすると、三人の警官《けいかん》にくみふせられ、地面《じめん》にへたばってしまいました。

「ちくしょう！　ほねをおらせやがった。いま、ばけのかわをはいでやるぞ。このへんに、ボタンがあるんだろう。」

クマの首のへんにまたがった警官が、みょうなことをいって、クマののどのあたりを手でさぐって、なにかやっていたかと思うと、こんどは、両手《りょうて》をクマの頭にかけて、いきなりぐいと、うしろのほうへねじまげるようにしました。

すると、じつにおどろくべきことが、おこったのです。

大グマの頭が、うしろへすっぽりとぬけてしまい、それにつづいて、肩《かた》からせなかにかけて、ぐるぐると、かわがはがれていったではありませんか。

クマのかわがはがれたあとから、あらわれてきたのは、思いもよらぬ人間の上半身《じょうはんしん》でした。

「わあっ、こいつ、サーカスの道化師《どうけし》の大男だっ。」

だれかがさけびました。いかにも、それは、あの大男でした。まゆのこい、目の大きな、西郷《さいごう》さんの銅像《どうぞう》みたいな大男でした。

彼《かれ》は、いざというときの用意《ようい》に、大きなクマのかわを持っていたのです。そして、それをかぶって、おりにはいり、大グマにばけて身《み》をかくしていたのです。

少年たちは、ワーッと勝利《しょうり》のときの声をあげました。さきには玉にかくれた一寸法師《いっすんぼうし》をとらえ、今はまたクマにばけた大男をとらえることができました。あとには、あの宝冠《ほうかん》をかぶった少女がのこっているばかりです。

少女のゆくえ

「にじの宝冠《ほうかん》」をかぶった少女が、神社《じんじゃ》の森の中へ逃《に》げこんだときには、神社の表門《おもてもん》にも、裏門《うら》にも、少年探偵団員《しょうねんたんていだんいん》たちが見はっていたのですから、神社の外へは、ぜったいに逃げられなかったはずです。少女は神社の森の中のどこかに、かくれているにちがいないのです。

そこで、少年たちは、最後《さいご》にその少女の捜索《そうさく》をすることになりましたが、そのときは、もう日がくれて、あたりはまっ暗《くら》になっていました。ことに神社の中は、大きな木がしげっていて、ところどころに、街灯《がいとう》がたっているばかりですから、この捜索は、じつにこんなんです。

小林団長《こばやしだんちょう》は、神社《じんじゃ》の表門《おもてもん》と、裏門《うら》にいる五人ずつの団員《だんいん》には、そのまま見はりをさせておいて、あとの九人の団員を、裏門の外へ集《あつ》めました。

「これからサーカスの女の子を、さがすんだよ。みんな探偵《たんてい》七つ道具《どうぐ》の中の、懐中電灯《かいちゅうでんとう》を出して。」

と命《めい》じました。探偵七つ道具というのは、少年探偵団員《しょうねんたんていだんいん》が、いつも身《み》につけている小さい道具類《どうぐるい》で、万年筆型《まんねんひつがた》の望遠鏡《ぼうえんきょう》、虫めがね、磁石《じしゃく》、万能《ばんのう》ナイフ、黒い絹糸《きぬいと》の縄《なわ》ばしご（まるめると、ひとにぎりになってしまいます）、小型《こがた》の手帳《てちょう》、万年筆型の懐中電灯などです。

少年たちは、その万年筆型の懐中電灯をとりだして、スイッチをおしました。すると、小林団長のをあわせて、十個《こ》の豆電灯《まめでんとう》が、ほしのようにひかって、そのへんがパッと明るくなったのです。

そのとき、ひとりの少年がまえに出て、小林団長によびかけました。

「団長、いくら懐中電灯があっても、あの広い、まっ暗《くら》な森の中をさがすのは、むずかしいと思います。今夜は見はりのものだけのこしておいて、あすの朝、捜索《そうさく》したほうがいいと思います。」

いかにも、もっともなことばでした。広い森の中を、二十人の少年でさがすのは、むりな話です。すると、小林団長がそれに答えました。

「そう思うのは、もっともだが、この捜索《そうさく》は夜のほうがいいんだよ。それには、わけがあるんだ。ぼくは明智先生《あけちせんせい》から、あることを、おそわっているんだよ。だいじょうぶだから、ぼくの命令《めいれい》のとおりにやってくれたまえ。」

そういわれると、だれも異議《いぎ》をとなえるものはありません。そこで、小林少年《こばやししょうねん》は、つぎのように、さしずをしました。

「みんな懐中電灯《かいちゅうでんとう》を消《け》して、ぼくについてくるんだよ。どんなことがおこっても、ぼくがつけろというまでは、懐中電灯をつけてはいけない。わかったね。神社《じんじゃ》の中の、ある場所《ばしょ》へいったら、みんなが、はなればなれになって、木のかげにかくれて、ぼくがよぶまで、じっと待っているんだよ。

へんなことがおこっても、むやみに飛《と》びだしちゃいけない。いいかい。さあ、それじゃあ、出発《しゅっぱつ》！」

小林団長《こばやしだんちょう》をあわせて十人の少年が、しずかに神社の裏門《うらもん》をはいっていきました。

裏門には、五人の少年団員《しょうねんだんいん》と三人の警官《けいかん》が、見はり番をつとめていました。小林団長は、その人たちにむかって、

「きみたちは、やっぱり、ここで見はっててくれたまえ。おまわりさんにもおねがいします。女の子は、ぼくたちできっと、見つけだしておめにかけます。もし見つけたら、呼《よ》び

子《こ》の笛《ふえ》をふきますから、そうしたら、おまわりさんたちもかけつけてください。おねがいします。」

といいのこして、森の中へはいっていきました。警官《けいかん》たちは、中村警部《なかむらけいぶ》から、前もってそのことを聞いていましたので、小林少年《こばやししょうねん》のことばに、うなずいてみせました。

十人の少年は、暗《くら》い森の中を、足音をたてないようにして、社殿《しゃでん》のほうへすすんでいきます。

やがて、社殿の前に出ましたが、外に大きな石のコマイヌが、ふたつ立っています。先に立って歩いていた小林団長《こばやしだんちょう》は、うしろをむいて、ささやき声でいいました。

「みんな、バラバラになって、かくれるんだ。そして、あのコマイヌを、よく見ているんだ。長くかかるかもしれない。でも、しんぼうづよく待っているんだよ。そのうちに、きっと、びっくりするようなことがおこるからね。しかし、なにがおこっても、ぼくが命《めい》令《れい》するまで飛《と》びだしちゃいけないよ。」

そして、みんな、バラバラになれという手まねをしました。少年たちは、それぞれ、コマイヌのそばの木の幹《みき》のうしろへかくれました。小林団長も、社殿の高い床下《ゆかした》に、身《み》をかくして、じっと、ふたつのコマイヌを見つめていました。

コマイヌというのは、むかし中国《ちゅうごく》からつたわってきた、神《かみ》さまの番をする石のイヌですが、イヌといっても、おまつりのシシのような、おそろしい顔《かお》をしています。この神社《じんじゃ》のコマイヌは人間ほどの大きさで、まえ足を立て、うしろ足をまげて、四角な石の台の上に、いかめしくすわっています。石でそういう形《かたち》が、ほってあるのです。

少年たちは、めいめいのかくれ場所《ばしょ》から、そのふたつのコマイヌをじっと見つめていました。

長い長いあいだ、なにごともおこりませんでした。あたりはまっ暗《くら》で、しいんと死んだように、しずまりかえっています。遠くの街灯《がいとう》の光で、ぼんやりとコマイヌが見えています。それを、じっと見ていると、なんだかえたいのしれない、まっ黒な怪物《かいぶつ》のように思われてきます。

みんな、はなればなれになっているものですから、少年たちは、だんだんこわくなってきました。うしろの闇《やみ》の中から、おそろしいばけものが、しのびよってくるのではないかと、せなかがゾーッと寒《さむ》くなってくるのでした。

それればかりではありません。黒い怪物のようなコマイヌが、いきなり動《うご》きだして、あのシシとそっくりのこわい顔で、こちらへ、飛《と》びかかってくるのかと思うと、いよいよ、おそろしくなってきました。

もう夜が明けるのではないかと思うほど、長いあいだ待ちました。でも、ほんとうは、一時間もたっていなかったのです。

そのとき、じつにおそろしいことがおこりました。

動《うご》くコマイヌ

じっと見つめていると、石のコマイヌが動きだしたのです。右側《みぎがわ》のほうのコマイヌです。その黒い怪物《かいぶつ》のように見える石のイヌが、身動《みうご》きしたのです。

少年たちは、気のせいではないかと、なおも見つめていますと、コマイヌの動きかたは、ますますはげしくなってきました。もう気のせいではありません。たしかに、動いているのです。

少年たちは、キャッとさけんで逃《に》げだしたいのを、じっとがまんしていました。小林団長《こばやしだんちょう》から、

「どんなことがおこっても、けっして、飛《と》びだしてはいけない。」

と命令《めいれい》されていたからです。おばけがこわくて逃げだしたといわれては、少年探偵団《しょうねんたんていだん》のなおれです。

やがて、コマイヌは、生きているように石の台からおりて、地面《じめん》に立ちました。少年た

ちは、ギョッとして、いまにも、こちらへとびかかってくるのではないかと、木の幹《みき》のうしろで、身《み》がまえをしました。

ところが、そのとき、じつにふしぎなことがおこったのです。コマイヌが地面《じめん》にころがって、その中から、ひとりの人間が、はいだしてきたではありませんか。

石のコマイヌは、中がからっぽになっていて、そこに、人間がかくれていたらしいのです。しかし、石のコマイヌの中が、くりぬいてあるはずはありません。

だから、コマイヌの中に、人がかくれているなんて、だれも考えなかったのです。

しかし、たしかに、コマイヌの中に人がかくれていました。しかも、その人がコマイヌをかぶって歩いたとすると、この石のイヌは、なんだか軽《かる》そうに思えます。石ではなくて、ほかのもので、できているのではないでしょうか。

でも、そんなことを、考えているひまはありませんでした。中から出てきた人間が、小さい女の子だったからです。しかも、その女の子は、サーカスで王女の役をつとめていた、あの少女と同じ服《ふく》を着《き》て、長靴《ながぐつ》をはいていました。そして、手になんだかみょうな、ひかるものを持っていました。暗《くら》い中でも、そのものだけは、遠《とお》くの街灯《がいとう》を反射《はんしゃ》して、キラキラとひかっているのです。

そのとき、ピリリリリ……と、笛《ふえ》の音がなりひびきました。社殿《しゃでん》の床下《ゆかした》にかくれていた小林団長《こばやしだんちょう》が呼《よ》び子《こ》をふいたのです。

「みんな、あいつを、つかまえるんだ。あれはサーカスの女の子だっ。『にじの宝冠《ほうかん》』を持っている。」

小林団長の声にはげまされて、少年たちは、かくれ場から飛《と》びだしていきました。少女は宝冠をだきしめて、表門《おもてもん》のほうへ逃《に》げだしましたが、そちらに見はりをしていた五人の少年と、ふたりの警官《けいかん》がかけてくるので、思わずあとへひきかえす。てんでに懐中電灯《かいちゅうでんとう》をつけた少年たちが、四方からこれをとりかこむ。そこへ、裏門《うら》のほうからも、五人の少年と三人の警官がかけつけてきました。

こうして、かよわい少女は、たちまちとらえられてしまいました。

それは、やっぱりサーカスの少女でした。手に持っていたのは「にじの宝冠」でした。懐中電灯でてらしてみると、石のコマイヌと思ったのは、ショーウインドーにかざってあるマネキンと同じつくりかたの、はりこのコマイヌだったことがわかりました。見たところ、石とそっくりにこしらえてあるので、昼間《ひるま》でも、それと気づかなかったのです。宝《ほう》石《せき》どろぼうの「灰色《はいいろ》の巨人《きょじん》」は、まえもって、石のコマイヌを、こんなにせものととりかえておいて、少女にそこへかくれるようにおしえたのでしょう。

しかし、明智探偵《あけちたんてい》は、昼間からそれをうたがっていました。そして、自分がしらべるかわりに、少年探偵団《しょうねんたんていだん》に、てがらをさせるようにはからったのです。

少女は、警官《けいかん》に「にじの宝冠《ほうかん》」をとりあげられて、そこに泣《な》きふしていました。少女はなにも知らなかったのです。悪者《わるもの》におどかされて、宝冠を持って逃《に》げる役《やく》めをつとめたばかりでした。

そこへ、明智探偵《あけちたんてい》と中村警部《なかむらけいぶ》もやってきました。中村警部は、宝冠がとりもどされたのを見ると、小林少年《こばやししょうねん》の肩《かた》をたたいてほめたたえました。

「やあ。えらいぞ小林君《こばやしくん》、それから少年探偵団の諸君《しょくん》、きみたちのおかげで、三人の犯人《はんにん》がつかまったし、宝冠もとりもどせた。警視総監《けいしそうかん》に報告《ほうこく》して、ほうびを出さなけりゃなるまいね。」

それから、明智探偵のほうをむいて、

「これも、明智さんのさしずがよかったからです。助手《じょしゅ》の小林君が手がらをたてて、あなたもうれしいでしょうね。これで、さすがの灰色《はいいろ》の巨人《きょじん》も、ぜんめつです。」

しかし、そうほめられても、明智探偵は、なんだかうかぬ顔《かお》をして、こんなことをいうのでした。

「いや、ぜんめつしたと考えるのは、まちがいです。ほんとうの犯人は、まだつかまっていないのです。」

「えっ、つかまっていない？　じゃあ、あの大男はなんです。これこそ灰色《はいいろ》の巨人《きょじん》じゃありませんか。」

「いや、それが、まちがいのもとですよ。みんな、あの大男を灰色の巨人だと思いこんでいるが、どうもそうではなさそうです。ほんとうの犯人《はんにん》はかげにかくれて、あんな大男をつかって、われわれをごまかしていたのです。ぼくは、この少女はもちろん、一寸法師《いっすんぼうし》も、大男も、たいした悪人《あくにん》じゃないと思いますよ。」

それを聞くと、中村警部《なかむらけいぶ》や警官《けいかん》たちは、へんな顔《かお》をしました。犯人をとらえたと信《しん》じていたのが、そうでないといわれて、がっかりしてしまったのです。

この明智探偵《あけちたんてい》の考えは、あたっていたでしょうか。そして、ほんとうの犯人というのは、いったい、どんなやつで、どこにかくれているのでしょうか。

消《き》えた少年

それから、明智探偵と小林君《こばやしくん》が、園井正一《そのいしょういち》少年《しょうねん》をつれて、「にじの宝冠《ほうかん》」を園井君《そのいくん》のおとうさんのところへ返《かえ》しにいくことになりました。

「園井君、どこにいるんだい。さあ、いっしょに、きみのうちへいこう。おとうさんは、きっと、よろこんでくださるよ。」

しかし、だれも、答えるものがありません。

「園井君《そのいくん》……」

「正《しょう》ちゃあん……」

みんなが、声をそろえてよびたてました。しかし園井少年《そのいしょうねん》はどこにもいないのです。

「へんだなあ。どこへいったんだろう。みんな、懐中電灯《かいちゅうでんとう》をつけて、さがしてくれたまえ。」

小林団長《こばやしだんちょう》の命令《めいれい》で、少年たちは、てんでに万年筆型《まんねんひつがた》の懐中電灯をつけて、そのへんを歩きまわりました。警官《けいかん》たちも、大きな懐中電灯で、森の中をくまなくさがしました。しかし、園井少年はどこにもいないのです。

明智探偵《あけちたんてい》のいうように、ほんとうの犯人《はんにん》がほかにいるとすれば、そいつが、闇《やみ》にまぎれて、園井少年をさらっていったのではないでしょうか。もしそうだとすれば、こんどは人間がぬすまれたのです。「にじの宝冠《ほうかん》」どころのさわぎではありません。宝物《ほうもつ》はとりかえしても、だいじな正一君《しょういちくん》がいなくなったのでは、園井さんにもうしわけがありません。

そこで、中村警部《なかむらけいぶ》は、近くの警察《けいさつ》から、おおぜいの警官をよび集《あつ》めて、*探照灯《たんしょうとう》まで持ちだして、神社《じんじゃ》の森や、そのまわりを、長いあいださがさせました。しかし、なんのかいもなかったのです。園井少年は、ついに発見《はっけん》されなかったのです。

＊夜間、遠くまで照らしだすようにした照明装置。サーチライト

明智探偵《あけちたんてい》と中村警部《なかむらけいぶ》は、園井君《そのいくん》のおとうさんをたずねて、「にじの宝冠《ほうかん》」を返《かえ》し、正一《しょういち》君《くん》のゆくえ不明《ふめい》をつたえました。

「じつに、もうしわけありません。ぼくがついていてこんなことになり、おわびのことばもありません。少年探偵団《しょうねんたんていだん》に、てがらをたてさせようとしたのが、いけなかったのです。まったく、ぼくのせきにんです。しかし、このおわびには、きっと、ほんとうの犯人《はんにん》をつかまえて、正一君をとりもどしますから、そのことはご安心《あんしん》ください。」

さすがの名探偵明智小五郎《めいたんていあけちこごろう》も、この失策《しっさく》には、ただわびるほかはないのでした。

さて、そのあくる日、園井さんは、差出人《さしだしにん》の書いてない一通の手紙を、うけとりました。封《ふう》を切って読んでみると、そこには、つぎのような、おそろしい文句《もんく》がしるしてありました。

「にじの宝冠」はたしかにお返《かえ》しした。そのかわりに、正一君をしばらくあずかっておく。けっして、いたいめや、ひもじい思いはさせないから、安心《あんしん》するがいい。なぜといって、正一君は、だいじな人質《ひとじち》だからね。という意味《いみ》は、おれはまだ「にじの宝冠」を、あきらめていないということだ。あくまで宝冠がほしいのだ。そして、おれの美術館《びじゅつかん》にかざりたいのだ。

だから、正一君《しょういちくん》は、「にじの宝冠《ほうかん》」とひきかえでなければ返《かえ》さない。きみも子どもをひとりなくすよりは、宝冠をわたす気になるだろう。

きたる十一日午後八時、きみは宝冠を持って、きみのうちを出る。そして東のほうへ百メートルほどいくと、一台の自動車《じどうしゃ》が待っている。きみが近づくと、ヘッドライトを、パッパッとつけたりけしたりする。それがおれの自動車だと思え。運転手《うんてんしゅ》がドアをひらくから、きみはすぐに乗《の》ればよろしい。それから、あるところまで自動車を走らせて、宝冠とひきかえに正一君をわたす。

明智小五郎《あけちこごろう》や警察《けいさつ》に知らせれば、おれにはすぐわかるから、正一君は永久《えいきゅう》に帰らないものと思え。

では、まちがいなく、このとおりにやるのだ。そうでないと、きみはもう一生、正一君にあえないだろう。

灰色《はいいろ》の巨人《きょじん》

園井《そのい》さんは、この手紙《てがみ》を見ると、宝冠を手ばなすことに、かくごをきめました。いくら、たいせつな宝物《ほうもつ》でも、子どものいのちには、かえられないからです。

「灰色の巨人」は、明智探偵《あけちたんてい》にも知らせてはいけないと書いていますが、園井さんはそれだけは、約束《やくそく》をやぶることにしました。こちらから、明智探偵《あけちたんてい》の事務所《じむしょ》をたずねたり、明智探偵に、うちへきてもらったりしたら、敵《てき》に感《かん》づかれるかもしれませんが、電話ならだいじょうぶです。電話だけで明智探偵に知らせて、名探偵《めいたんてい》の知恵《ちえ》をかりることにしました。

ふしぎなくず屋《や》さん

園井《そのい》さんは、明智探偵に電話をかけて、電話口で灰色《はいいろ》の巨人《きょじん》からの手紙を読みあげました。直接《ちょくせつ》の電話ですから、だれもぬすみ聞きはできません。敵《てき》にさとられる心配《しんぱい》は、すこしもないのです。

するど、明智探偵は、しばらく考えてから答えました。

「あいてのいうとおりにしてください。あなたが『にじの宝冠《ほうかん》』を持って、その自動車《じどうしゃ》に乗《の》るのです。賊《ぞく》は正一君《しょういちくん》にうらみがあるわけではありませんから、宝冠さえやれば、正一君はきっと返《かえ》してくれます。あなたの身《み》にも、危険《きけん》はないと思います。」

「それじゃあ、みすみす宝冠をとられてしまうのですか。」

園井《そのい》さんがふまんらしく聞きかえしますと、明智は笑《わら》い声《ごえ》になって、

「いや、一度《ど》はわたしても、じきにとりかえします。そこに計略《けいりゃく》があるのです。安心《あんしん》して

ぼくにおまかせください。こんどこそ、巨人《きょじん》をあっといわせてお目にかけます。十一日といえば、まだ三日ありますね。それまでに、あなたも、びっくりなさるようなことが、おこりますよ。まあ、見ていてください。」

名探偵《めいたんてい》が、それほどにいうものですから、園井《そのい》さんも信用《しんよう》して、

「では、万事《ばんじ》おまかせします。どうかよろしくねがいます。」

といって、電話を切りました。

その翌日《よくじつ》の朝、さっそく、園井さんをびっくりさせるようなことがおこりました。

ひとりのくず屋《や》さんが、大きなくずかごをかついで、園井さんの屋敷《やしき》の裏門《うらもん》から、勝手《かって》口《ぐち》へ、ノコノコとはいってきました。

そこにいたお手つだいさんが、あきれてくず屋さんの顔《かお》をにらみつけました。

「くずはありませんよ。だまって門の中へ、はいってきてはこまります。さあ、早く出ていってください。」

と、しかりつけるようにいいました。すると、くず屋さんは、ぶしょうひげのはえた顔をきみわるくゆがめて、にやにやと笑《わら》いました。そして、いきなり、お手つだいさんのそばによって、その耳に口をあてて、なにかボソボソとささやいたのです。お手つだいさんは、こわくなって逃《に》げだしそうにしましたが、逃げだす前に、そのささやき声が聞こえてしま

いました。

「えっ、じゃあ、あなたは……」

お手つだいさんが、とんきょうな声でそういいますと、くず屋《や》さんはまた、うすきみわるく、にやにやと笑《わら》って、うなずいてみせるのです。

お手つだいさんはおくのほうへ、かけこんでいきました。そして、また、もとの勝手口《かってぐち》へもどってきたときには、お手つだいさんのほうも、にこにこ笑っていました。そして、ていねいに、くず屋さんにおじぎをして、

「どうか、おあがりくださいませ。」

といって、おくのほうへあんないしました。くず屋さんは、きたないどた靴《ぐつ》を勝手口にぬいで、お手つだいさんのうしろからついていきます。

通されたのは、りっぱな応接間《おうせつま》でした。くず屋さんはくずかごをそばにおいて、大きな安楽《あんらく》イスに、いばりかえって、どっかとこしかけました。

そこへ主人《しゅじん》の園井《そのい》さんがはいってきて、

「あなたが、明智《あけち》さんですか。ほんとうに明智さんですか。」

と、うたがわしそうに、くず屋さんの顔《かお》をじろじろながめました。

「そうですよ。ぼくの変装《へんそう》は、なかなか見やぶれませんからね。じゃ、これをとりましょ

う。さあ、どうです。これなら、わかるでしょう。」

くず屋《や》さんはそういって、顔《かお》のぶしょうひげに指《ゆび》をかけると、それをめりめりとひきはがしました。

顔の皮《かわ》を、めくってしまったのです。その下からあらわれたのは、たしかに明智探偵《あけちたんてい》の顔でした。

園井《そのい》さんは、あっといったまま、つぎのことばも出ません。

明智は、ちょっとのあいだ素顔《すがお》を見せると、また、つけひげを顔にはりつけました。すると、もとのくず屋さんです。

くず屋さんは、そばにおいたくずかごの紙くずをかきわけて、二つの黒いウルシぬりの箱《はこ》をとりだして、テーブルの上にならべました。そして、両方《りょうほう》のふたをとると、いっぽうには、金色の王冠《おうかん》がはいっていて、もうひとつのほうは、からっぽの箱でした。

「この王冠は、例《れい》のサーカスの少女たちがかぶっていた、メッキの王冠のひとつをかりてきたのです。これが手品《てじな》の種《たね》になるのですよ。しかし、このままではいけません。おたくの『にじの宝冠《ほうかん》』とそっくりの形《かたち》に、なおさなければなりません。十一日までには、まだ二日あります。そのあいだに、かざり屋《や》さんにたのんで、秘密《ひみつ》にこれをなおさせるのです。それには『にじの宝冠』を見せなければなりませんが、あのたいせつな品《しな》を、外へ持ちだすのは危険《きけん》ですから、ぼくがここで写生《しゃせい》して、その絵をかざり屋《や》さんに見せて、なおさせることにします。」

くず屋《や》さんにばけた明智《あけち》の説明《せつめい》を聞いて、園井《そのい》さんは、みょうな顔《かお》をしました。

「『にじの宝冠《ほうかん》』のかわりに、そのにせものを、巨人《きょじん》にわたしてごまかすのですか。しかし、あのぬけめのないやつを、そんなにせもので、ごまかせるでしょうか。」

「いや、にせものを、わたすのではありません。あなたが持っていかれるのは、やっぱりほんもののほうです。そして、あれをあいてにわたすのです。このにせものをつかうのは、そのあとです。正一君《しょういちくん》をとりかえしてしまったあとで、ちょっと手品《てじな》をやるのです。それには、箱《はこ》もおなじでないと、ぐあいがわるいので、銀色《ぎんいろ》の箱のかわりに、この黒ウルシぬりの箱に、ほんものの『にじの宝冠』をいれて、持っておいでください。この箱も、手品の種《たね》のひとつなのです。この手品が、まんいち失敗《しっぱい》しても、まだほかに、もっとたしかな手も考えてあります。その二つの計略《けいりゃく》で、かならず『にじの宝冠』をとりかえしてお目にかけます。」

明智は、自信《じしん》ありげにいうのでした。

「そのもうひとつの計略というのは、どういうことでしょうか。」

園井さんが、心配《しんぱい》らしくたずねました。

「それは、しばらく秘密《ひみつ》にしておきます。やっぱり、ひとつの手品《てじな》ですよ。魔法《まほう》といったほうがいいかもしれません。賊《ぞく》の自動車《じどうしゃ》に、ほそい糸がつくのです。その糸が、どこまでものびていくのです。賊の自動車は、いくら走っても、その糸をたち切ることができないのです。」

明智《あけち》は、謎《なぞ》のようなことをいいました。まさか自動車に糸をむすびつけるわけではないでしょう。そんなことをしたって、すぐに切れてしまいますし、また、なんキロというような長い糸玉は、とても大きくて、かくしておけるものではありません。

園井《そのい》さんは、この謎をとくことができませんでした。しかし、明智が秘密《ひみつ》にしておきたいというものですから、深《ふか》くもたずねないで、名探偵《めいたんてい》の知恵《ちえ》を信用《しんよう》することにしました。

そこで、園井さんは「にじの宝冠《ほうかん》」を、金庫《きんこ》からとりだしてきて、テーブルの上におきました。明智は、やっぱりくずかごの中から、まるめた画用紙《がようし》をとりだし、それをひろげて、えんぴつで写生《しゃせい》をはじめました。二十分ほどでうつしおわると、テーブルの上の、からの箱《はこ》だけをのこして、にせものの王冠《おうかん》は、もうひとつの箱に入れて、写生した画用紙といっしょに、くずかごの紙くずの中にかくしました。

「では、十一日には、賊の手紙に書いてあったとおりにしてください。あとは、きっとぼくがひきうけますから、ご心配《しんぱい》なく。」

と、念《ねん》をおして、くず屋《や》さんは、かごをかついでそのまま帰っていきました。

さて、名探偵《めいたんてい》の二つの手品《てじな》は、いったいどんなふうにして、おこなわれるのでしょうか。そして、それは灰色《はいいろ》の巨人《きょじん》の怪物団《かいぶつだん》を、うまくごまかすことができるのでしょうか。

名犬シャーロック

いよいよ十一日の夜になりました。約束《やくそく》の八時すこし前に、園井《そのい》さんの屋敷《やしき》の百メートルほど東の町かどに、一台の自動車《じどうしゃ》が、ヘッドライトを消《け》してとまっていました。運転手《うんてんしゅ》のほかに、うしろの席《せき》にも、ひとりの男が乗《の》っていました。

自動車から三十メートルほどはなれた電柱《でんちゅう》のかげに、ひとりの男がかくれるようにして、キョロキョロあたりを見まわしていました。明智探偵《あけちたんてい》や警官《けいかん》などが、あとをつけてくるといけないので、灰色の巨人の部下《ぶか》のものが、見はりをつとめているのです。

そこは、両側《りょうがわ》に大きな屋敷のコンクリートべいがつづいているさびしい町で、日がくれると、めったに人も通らないようなところでしたが、その暗闇《くらやみ》の中を、むこうから、へんにヨロヨロする歩きかたで、ひとりの男が近づいてきました。

電柱のかげの見はりのものは、その男が園井さんではないかと、じっと目をこらしましたが、よく見ると、園井《そのい》さんとはにてもにつかない、きたならしいこじきみたいな男でした。それが酒《さけ》によっているらしく、口の中で、なにかブツブツいいながら、ちどり足で歩いてくるのです。

そして、電柱《でんちゅう》の前までくると、なにかにつまずいて、ヨロヨロと電柱のかげによろめいてきました。

そこにかくれていた男は、いそいで身《み》をよけましたが、まにあいません。よっぱらいが、ころびそうになって、なにかにつかまろうとさしだした手が、男の服《ふく》をつかんでしまったのです。

男は、「うるさいっ」といわぬばかりに、片手《かたて》で、よっぱらいをはらいのけようとしました。それが、いきおいあまって、なぐりつけたように感《かん》じたものですから、よっぱらいはだまっていません。

「やい、やい、なんのうらみがあって、おれをなぐりやがった。さあ、しょうちしねえぞ。けんかなら、あいてになってやらあ。さあ、出てこいっ。」

見はりの男は、とんだやつにつかまったと思いましたが、こっちもけんかずきの悪者《わるもの》ですから、たちまち取《と》っ組《く》みあいがはじまってしまいました。上になり下になりの大格闘《だいかくとう》です。

すると、そのとき、町のむこうのほうから、まっ暗《くら》な影《かげ》ぼうしのようなものが、チョロチョロと走ってきて、そこにとまっている自動車《じどうしゃ》のうしろに近づき、車体の下にもぐるようにして、なにかやっていたかと思うと、すぐにそこからはいだして、またチョロチョロと影《かげ》のように、むこうのほうへ走りさってしまいました。それは、子どもみたいにひどく小さいやつでした。

ちょうどそのとき、見はりの男は、よっぱらいと取《と》っ組《く》みあっていたので、まったくそれに気づきませんでした。また、自動車の中のふたりも、むこうの取っ組みあいを助《たす》けにいこうか、どうしようかと、そのほうばかり見ていたので、やっぱり小さな影《かげ》ぼうしのことは、すこしも知らなかったのです。

小さな影ぼうしが走りさってしまうと、いままで取っ組みあっていたよっぱらいが、とつぜん、さっと身《み》をひいて、そのまま逃《に》げるように走りだし、見はりの男が、あっけにとられているうちに、むこうの闇《やみ》の中へ姿《すがた》を消《け》してしまいました。

あのよっぱらいと、小さな影ぼうしとは、なかまだったのでしょうか。影ぼうしが自動車の下にもぐりこんでなにかやるあいだ、見はりの男の注意《ちゅうい》をそらしておくために、よっぱらいのまねをして、けんかをふっかけたのではないでしょうか。もしそうだとすると、あのよっぱらいと影ぼうしは、いったい、なにものだったのでしょう。

それはともかく、いっぽう、園井《そのい》さんは、約束《やくそく》の八時になると、「にじの宝冠《ほうかん》」を、明《あけ》智《ち》のおいていった黒ぬりの箱《はこ》にいれて、それをこわきにかかえて、門の前から、東へ百メートルほど歩いていきますと、そこに、ヘッドライトを消《け》した自動車《じどうしゃ》がとまっていました。それは、さっき、よっぱらいがけんかをした、すこしあとのことです。

園井《そのい》さんが自動車に近づくと、ヘッドライトがパッパッと二、三度《ど》、ついたり消《き》えたりしました。これが灰色《はいいろ》の巨人《きょじん》の車だという、あいずでした。

そして、自動車のドアがスーッとひらき、中にいた男が手を出して、園井さんを引っぱりこむようにしました。いまさら逃《に》げるわけにもいきませんので、引かれるままに中へはいりますと、ドアがしまり自動車は走りだしました。

「ちょっときゅうくつだが、目かくしをさせてもらいますよ。」

灰色の巨人の手下《てした》らしい男が、そういって黒い手ぬぐいのようなもので、園井さんの目のところをしばってしまいました。園井さんに、いく先をさとられない用心です。

その自動車が、どこかへ走りさってしまって、五分ほどすると、うしろのほうから、また、べつの自動車がやってきました。そして、灰色の巨人の自動車がとまっていたへんで、ピッタリ停車《ていしゃ》しました。

見ると、その運転席《うんてんせき》には、明智探偵《あけちたんてい》がハンドルをにぎっています。うしろの客席《きゃくせき》には、小林少年《こばやししょうねん》と、大きなシェパードのイヌが乗《の》っていました。

明智《あけち》は、車をとめると、注意《ちゅうい》ぶかくあたりを見まわして、あやしいものがいないことをたしかめてから、自動車《じどうしゃ》の外に出ました。それを見ると、小林少年《こばやししょうねん》もシェパードの綱《つな》を引いて、車からおりました。

「シャーロック、しっかりやってくれよ。今夜は、おまえが主人公《しゅじんこう》だ。うまくいくかいかないか、おまえの鼻《はな》しだいなんだぞ。」

明智探偵《あけちたんてい》はイヌの頭をたたいていい聞かせました。シャーロックというのは、このシェパードの名前です。明智が知りあいの愛犬家《あいけんか》から借《か》りだしてきたもので、警視庁《けいしちょう》にもよく知られた有名《ゆうめい》な探偵犬《たんていけん》なのです。ですから名前も、名探偵《めいたんてい》シャーロック・ホームズにちなんで、シャーロックとつけられていました。

「小林君《こばやしくん》、あれを。」

明智がいいますと、小林少年は、自動車のゆかにおいてあった、黒いドロドロしたもののついた布《ぬの》を指《ゆび》でつまんで、シャーロックの鼻の前に持っていきました。プーンと、コールタールのはげしいにおいがします。

シャーロックは、そのコールタールをしませた布を、鼻をクンクンいわせながら、しばらく、かいでいましたが、「もうわかりました」というように、首をそむけるのをあいずに、小林君はその布を、もとの自動車の中にもどしました。

それから、イヌの首につないだ綱《つな》をにぎって、そのへんの地面《じめん》をかがせましたが、あちこち歩いているうちに、シャーロックは、さっきの布《ぬの》と同じにおいをかぎつけたらしく、にわかにはりきって、鼻《はな》を地面に近づけたまま走りだしそうにしました。綱がぴんとはって、そのはじをにぎっている小林君《こばやしくん》は、うっかりすると、ずるずると、引きずられそうです。

「よし、綱を車の前にしばりつけたまえ。」

明智《あけち》のさしずで、小林少年《こばやししょうねん》は自動車《じどうしゃ》の前にイヌの綱をくくりつけました。そうしておいて、ふたりは車の中にもどり、明智はハンドルをにぎり、小林君は、客席《きゃくせき》においてあった、黒い四角なふろしきづつみを、だいじそうにひざの上にのせました。

明智も小林少年も、まっ黒なつめえりの服《ふく》をきて、黒い靴下《くつした》に、黒い靴をはいていました。顔《かお》と手のほかは、全身《ぜんしん》まっ黒なのです。

ふたりは、どうして、そんなまっ黒な服を着《き》ていたのでしょう。また、小林君がひざの上にのせている、四角な黒いふろしきづつみは、いったいなんだったでしょうか。読者諸《どくしゃしょ》君《くん》は、きっと、もうおわかりでしょうね。

探偵犬《たんていけん》シャーロックは、地面に鼻をくっつけて、ぐんぐん前に進《すす》もうと、あせっていますが、運転席《うんてんせき》についた明智は、ゆっくりと自動車を動《うご》かしました。シャーロックは、よろこんで走りだします。地面《じめん》のにおいをかいで、どこまでも、どこまでも、そのあとを追《お》っていくのです。

そのにおいは、さっき小林少年《こばやししょうねん》にかがされたコールタールと、同じにおいにちがいありません。では、どうして、そんなにおいが、地面についているのでしょうか。

それは、＊「人間豹《にんげんひょう》」の事件《じけん》で、明智探偵《あけちたんてい》が発明《はつめい》した「黒い糸」という、自動車《じどうしゃ》のあとをつけるしかけでした。大きなブリキかんに、コールタールをいっぱいいれて、そのかんの底《そこ》に、はりでごく小さな穴《あな》をあけておくのです。そして、そのブリキかんを、自動車の車体《しゃたい》の下へ、はりがねでくくりつけておくのです。

すると、コールタールが、かんの底のはりの穴から、細い糸のように流れだし、自動車が進《すす》むにつれて、地面に、目にも見えないコールタールの細い線が、どこまでも、つづいていくのです。そのかんには、四、五十分はもつほどの、コールタールがはいっていました。

探偵犬《たんていけん》シャーロックの鋭敏《えいびん》な鼻《はな》は、その糸のように細い、コールタールのにおいをかぎわけて、灰色《はいいろ》の巨人《きょじん》の自動車のあとを追っているのです。

では、そのブリキかんを、だれが、いつのまに、賊《ぞく》の自動車にくくりつけたのでしょうか。それはさっきの、小さな影《かげ》ぼうしでした。つまり、小林少年だったのです。そして、

＊ 江戸川乱歩の大人向けミステリー。一九三四（昭和九）年に書いた

見はりの男の注意《ちゅうい》をそらすために、よっぱらいのまねをしたのは、ほかならぬ明智探偵《あけちたんてい》そのひとでした。

ふしぎな家

園井《そのい》さんを乗《の》せた賊《ぞく》の自動車《じどうしゃ》は、ほそうされた、たいらな道路《どうろ》を五十分ほど走って、やっと停車《ていしゃ》しました。ずいぶん遠くへきたらしいのです。

「さあ、おりるんだ。これからさきは、車がはいらないから、歩くんですよ。」

園井さんのとなりに乗っていた賊の部下《ぶか》がそういって、園井さんの手をとって、自動車からおろしました。

園井さんは、宝冠《ほうかん》の箱《はこ》のはいっているふろしきづつみをかかえて、ひかれるままに、ついていきますと、いっぱい草のはえたのぼり道《みち》を、歩いていることがわかりました。草ばかりでなく、いろいろな木がはえているらしく、ズボンがその枝《えだ》にひっかかるのです。そして、あたりは、森にでもはいったようにひえびえとして、植物《しょくぶつ》のにおいが強くただよっていました。

東京《とうきょう》から一時間ぐらいのところに、山はありませんが、小さな丘《おか》くらいはありますから、そういう丘《おか》をのぼっているのだろうと考えました。

道らしい道もない森の中らしく、草や木の枝《えだ》をかきわけて進《すす》むのですから、目かくしされている園井《そのい》さんは、歩くのがたいへんでした。賊《ぞく》の部下《ぶか》は、そんなことはおかまいなく、じゃけんにぐんぐん手をひっぱるので、なんどもつまずいて、ころびそうになるのでした。

十分ほども、そういう山道のようなところを歩きますと、こんどは、せまいほら穴《あな》の中へ、ひっぱりこまれました。

「ここから地下へもぐるんだよ。石の段《だん》がついているが、せまいから気をつけて。」

賊の部下はそういって、園井さんを助《たす》けながら、ゆっくりとおりていきました。

穴の中を三メートルほどおりると、こんどはトンネルのような、よこ穴《あな》になりました。せまい穴なので、立って歩くことはできません。身《み》をかがめて、はうようにして進まなければならないのです。

園井さんは、おそろしくなってきました。いったいこのほら穴は、どこへつづいているのでしょう。もうこのまま、うちへ帰《かえ》れなくなるのではないでしょうか。

「正一《しょういち》は、地下室《ちかしつ》にとじこめられているのですか。」

とたずねますと、賊の部下は、ぶあいそうに答えました。

「そうじゃないよ。この道は、またのぼりになって、地面《じめん》の上に出るのだ。あんたの子どもは、そこの、りっぱなコンクリートの建物《たてもの》の中で、だいじにされているよ。」

するど、もうそこがのぼりの階段《かいだん》でした。せまい石の段を、また三メートルほどはいあがり、広い場所《ばしょ》に出ました。そして、二十歩ほども歩くと、イスのようなものにこしかけさせられ、目かくしをはずしてくれました。

目をひらくと、すぐ前に、りっぱなテーブルがあり、その上に、美しいほりもののある燭台《しょくだい》がおかれ、五本のろうそくが、明るくもえていました。

テーブルの向《む》こう側《がわ》には、まっ白なものと、まっ赤なものがありました。なんだかびっくりするようなものでした。よく見ると、それはひとりの老人《ろうじん》でした。まっ白なふさふさとしたかみの毛、胸《むね》までたれたまっ白なあごひげ、もう七十歳《さい》ぐらいの老人です。それがピカピカひかる、まっ赤な外套《がいとう》のようなものを着《き》て、大僧正《*だいそうじょう》でもかけるような、りっぱなイスにこしかけているのです。赤い外套のえりのあたりに金糸《きんし》のもようがあり、それに宝石《ほうせき》が、たくさんついています。これも大僧正の着るガウンとそっくりの、きらびやかなものでした。

園井《そのい》さんは、めんくらってしまいました。地下道を通って、べつの世界《せかい》へきたような感《かん》じです。まるで、童話《どうわ》の国の王さまの前にでも、出たような気がするのです。

それから、部屋《へや》の中を見まわしますと、部屋そのものが、またじつにみょうな形《かたち》をして

＊ 僧の中の最高の位《くらい》

いました。百畳《じょう》もあるような、おそろしく広い部屋《へや》です。それが、四角ではなく、楕円形《だえんけい》のいびつな部屋で、まわりの壁《かべ》はコンクリートなのですが、それがまた、まっすぐではなくて、へんにまがっているのです。あるところでは、ぐっとくぼんでいるかと思うと、あるところでは、みょうに出っぱっているという、このごろはやる、新しい彫刻《ちょうこく》のような感《かん》じなのです。

それに、窓《まど》というものが、ひとつもありません。天井《てんじょう》は板《いた》ばりになっていて、その上が二階《かい》らしいのですが、二階への階段《かいだん》は、まがったコンクリート壁にそって、鉄《てつ》ばしごのようなものが、ななめにかかっています。まるで、コンクリートの壁を、ヘビがはっているような感じです。

そのいびつな広い部屋のまわりには、宝石店《ほうせきてん》のショーウインドーのようなガラス棚《だな》が、ずらっとならんでいます。遠くて、よくは見えませんが、そのガラス棚の中には、赤や青やむらさきのビロードのケースにはいった金銀《きんぎん》の美術品《びじゅつひん》が、いっぱいかざってあります。それには、みな宝石がちりばめてあるらしく、キラキラと、美しくひかっているのです。宝石の首かざりや、うでわなどもならべてあります。

じつにふしぎな家です。しかし、怪盗《かいとう》「灰色《はいいろ》の巨人《きょじん》」の本拠《ほんきょ》には、いかにも、ふさわしい場所《ばしょ》です。怪盗は、自分の美術館《びじゅつかん》にかざるために、「にじの宝冠《ほうかん》」がほしいのだといっていましたが、たしかにここは、りっぱな美術館《びじゅつかん》でした。

「その箱《はこ》が、『にじの宝冠《ほうかん》』ですか。お見せなさい。」

白ひげの老人《ろうじん》が、しわがれた、おもおもしい声でいいました。

園井《そのい》さんは、うっかり箱をわたして、とりあげられてしまってはいけないと思いましたので、

「これを見せる前に、正一《しょういち》にあわせてください。正一とひきかえという約束《やくそく》ではありませんか。」

こちらも、強くいいはりました。

すると、老人はにやりと笑《わら》って、

「よろしい、わたしはけっして、約束はやぶりません。だれか、正一君《しょういちくん》をよんできなさい。」

と、うしろのほうにさがっていた部下《ぶか》のものにいいつけました。すると、部下はうやうやしく頭をさげて、鉄《てつ》の階段《かいだん》を、二階《かい》へのぼっていきました。

それでは、正一は二階に監禁《かんきん》されているのかと、園井さんは、じっとそのほうを見ていますと、やがて、鉄の階段の上から、ひょいと、少年の顔《かお》がのぞきました。

正一君です。園井さんは、思わずイスから立ちあがりました。

正一君《しょういちくん》も、おとうさんの姿《すがた》を見て、あっと小さなさけび声をたて、階段《かいだん》をかけておりてきました。そして、おとうさんのそばへいこうとしますと、よこから、賊《ぞく》の部下《ぶか》が飛《と》びだしてきて、正一君をだきとめました。

「まず『にじの宝冠《ほうかん》』を見せてください。それが、ほんものだとわかるまでは、正一君をわたすことはできません。」

老人《ろうじん》が、しずかにいいました。園井《そのい》さんは、しかたがないので、ふろしきづつみをといて、黒ぬりの箱《はこ》を出し、そのふたをひらいて、老人の前にさしだしました。

老人は「にじの宝冠」を手にとって、いかにもうれしそうに、長いあいだ、ながめていましたが、にせものでないことが、よくわかったらしく、深《ふか》くうなずいて、

「ああ、じつに美しい、この光は、まったくにじのようじゃ。園井さん、たしかに『にじの宝冠』ちょうだいした。わしの美術館《びじゅつかん》の宝物《ほうもつ》として、長く保存《ほぞん》しますよ。それじゃあ、正一君を、おひきとりください。」

といって、部下に目でさしずをしました。部下はまた、うやうやしくおじぎをして、正一君を園井さんのそばへつれていきました。

「おとうさん！」

「正一、ぶじでよかったなあ。」

親子は手をとりあって、よろこびあうのでした。

それから、園井《そのい》さんも、正一君《しょういちくん》も、また目かくしをされて、部下《ぶか》のものに手をひかれ、せまい地下道を通り、そこを出ると、森の中の草をふみわけて、丘《おか》をくだりました。そして、そこに待っていた賊《ぞく》の自動車《じどうしゃ》に乗《の》せられて東京《とうきょう》にもどり、神宮外苑《じんぐうがいえん》のさびしい林の中で、おろされてしまいました。

園井さんと正一君は、目かくしをとって、どことも知れず走りさる賊の自動車を見おくってから、外苑を出て、大通りを走るタクシーをよびとめ、ぶじにおうちに帰ることができました。

それにしても、あのきみょうな形《かたち》をしたコンクリートの建物《たてもの》は、どこにあるのでしょうか。東京から一時間ばかりの丘の上。いったいその丘は、どこなのでしょうか。

切られた黒糸

お話はもとにもどって、こちらは、探偵犬《たんていけん》シャーロックを自動車《じどうしゃ》の前にくくりつけ、自動車には明智探偵《あけちたんてい》と小林少年《こばやししょうねん》が乗りこんで、イヌの走るままに車を運転《うんてん》して、賊《ぞく》の自動車のあとを追《お》っていました。

小林君《こばやしくん》が賊《ぞく》の自動車《じどうしゃ》の下にコールタールのかんをつけておいたので、そのかんの針《はり》の穴《あな》から、タールが黒い糸のように流《なが》れ落《お》ちて、道路《どうろ》にタールのにおいをのこしていきます。名犬シャーロックは、そのにおいをかいで、賊の自動車をついせきしているのです。

シャーロックは品川《しながわ》をはなれて、夜の京浜国道《けいひんこくどう》を、どこまでも走りつづけました。やがて、横浜《よこはま》をすぎ、さらに二十分も走りつづけますと、どうしたのか、シャーロックの速度《そくど》が、だんだんのろくなってきました。さすがの名犬も、一時間以上走りつづけたので、つかれてしまったのでしょうか。

「あ、わかった。コールタールの糸が切れたのですよ。あのかんは五十分ぐらいでからになってしまいます。ぼくたちは、ここまで一時間以上もかかったけれど、賊《ぞく》の自動車《じどうしゃ》は全《ぜん》速力《そくりょく》で走っていたので、ちょうどこのへんで、五十分ぐらいになったのです。だから、コールタールの黒い糸がつきてしまったのです。」

小林少年《こばやししょうねん》が、すばやく頭をはたらかせて、イヌの速度のにぶったわけを説明《せつめい》しました。

「うん、そうらしいね。しかし、もうすこしためしてみよう。黒い糸がたえてしまっても、まだタールのしずくが、ポツポツたれているかもしれない。シャーロックは、そのかすかなにおいを、かぎつけるだろう。」

明智探偵《あけちたんてい》はそういって、自動車を徐行《じょこう》させながら、シャーロックの歩くにまかせておきました。

探偵犬《たんていけん》は、しきりに地面《じめん》をかぎながら、のろのろと、国道からわき道へまがっていきます。

やっぱり明智探偵《あけちたんてい》のいうとおり、そのほうに、コールタールのしずくが、たれているらしいのです。

しかし、そのしずくは、だんだん小さくなり、しずくとしずくのへだたりが長くなっていくので、シャーロックの苦心《くしん》はひととおりではありません。長いあいだまよったあと、やっと、においをかぎつけて、すこしずつ進《すす》んでいくのです。

そうして、三百メートルほど進んだとき、いよいよ、においがなくなってしまったのか、シャーロックは、ぴったりとまったまま、動《うご》かなくなってしまいました。

「こんなことなら、もっと大きなコールタールのかんを、つけておくんだったね。」

明智探偵は、ざんねんそうにつぶやきましたが、まだ、あきらめられないらしく、

「ともかく、一度《ど》おりてみよう。そして、シャーロックの綱《つな》を持って、このへんを歩いてみよう。」

と、小林君《こばやしくん》をうながしました。

そこで、ふたりは車をおり、にせ宝冠《ほうかん》のふろしきづつみを明智がこわきにかかえ、イヌ

の綱《つな》は小林少年《こばやししょうねん》が持って、シャーロックの進《すす》むままに、そのへんを歩きはじめました。

そこは国道からそれた、ひじょうにさびしい場所《ばしょ》で、片側《かたがわ》は畑《はたけ》、片側は大きな森になっていました。それも平地《へいち》の森ではなくて、小山のような丘《おか》で、ずいぶん深《ふか》い森です。

シャーロックは、その森にそって、のろのろと歩いていましたが、ある場所《ばしょ》にくると、なにか、ほかのにおいをかぎつけたらしく、いきなり森の中へ、ガサガサとはいっていくのです。

大きな立ち木の下に小さな木がしげり、草がいっぱいはえていて、道もないところですが、シャーロックがどんどんはいっていくので、小林少年も綱にひかれて、そこへはいっていきました。明智探偵《あけちたんてい》もあとにつづきます。

深い草や、足にまといつく下枝《したえだ》をかきわけて、しばらく丘をのぼりましたが、やっぱりだめでした。シャーロックは、きょとんとして、そこにうずくまったまま、まったく動《うご》かなくなってしまいました。

明智探偵は、なおも、そのへんを歩きまわってしらべましたが、大きな立ち木ばかりで、家らしいものはどこにも見えず、こんなところに、賊《ぞく》のすみ家《か》があろうとは思われませんでした。

ふたりは、とうとうあきらめて、いったん、ひきあげることにしました。こんどは、シャーロックも自動車《じどうしゃ》に乗《の》せて、全速力《ぜんそくりょく》で東京《とうきょう》に帰ったのです。

東京に帰ると、シャーロックを持《も》ち主《ぬし》に返《かえ》しておいて、すぐに園井《そのい》さんのうちをたずねました。もう夜中の十二時でしたが、正一君《しょういちくん》がもどっているかどうか、それがなによりも心配《しんぱい》だったからです。

園井《そのい》さんの玄関《げんかん》のベルをおしますと、お手つだいさんがドアをあけて、すぐ応接室《おうせつしつ》に通してくれましたが、まもなく、園井さんが正一君をつれて、ニコニコしながらそこへはいってきました。

「やあ、おかげさまで正一はぶじにもどりました。べつに、虐待《ぎゃくたい》もされなかったそうで、ごらんのとおり、こんなに元気です。」

園井さんがうれしそうにいいますと、正一君も、小林少年《こばやししょうねん》となつかしそうにあくしゅをして、明智探偵《あけちたんてい》には、ピョコンとおじぎをしました。

「よかったですね。で、賊《ぞく》のすみ家《か》はどこでした。その家はどんなふうでした。」

明智がたずねますと、園井さんは、こまったような顔《かお》をして、

「それがねえ、まるでけんとうがつかないのですよ。行きも帰りも目かくしをされていましたし、賊のすみ家というのが、みょうな地下道《ちかどう》をくぐってはいるような、かわった建物《たてもの》でしてね。」

それから、賊《ぞく》の首領《しゅりょう》らしい、白ひげの老人《ろうじん》のこと、ふしぎな建物《たてもの》のことなどを、くわしく話しました。

明智《あけち》はねっしんに、その話を聞いていましたが、やがて、なんと思ったのか、いきなり右手を頭に持っていって、指《ゆび》でモジャモジャのかみの毛を、ぐるぐるとかきまわしはじめました。これは、明智探偵《あけちたんてい》が、なにかうまい考えが浮《う》かんだときに、いつもやるくせでした。

そして、園井《そのい》さんの話が終《お》わると、こんどは明智が話をする番でした。

「ぼくのほうは、失敗《しっぱい》をしましてね。例《れい》の黒い糸が、とちゅうで切れてしまったのですよ。」

と、さきほどのことを、手みじかに語《かた》り、

「ところで、あなたが賊の自動車《じどうしゃ》に乗《の》っておられたあいだは、どれほどだったでしょうか。」

とたずねるのでした。

「さあ、はっきりはわかりませんが、一時間はかかっていませんよ。五十分ぐらいでしょうか。」

それを聞くと、明智はまた、頭の毛に指をつっこみました。

「やっぱりそうだ。黒い糸が切れたのと、賊《ぞく》の自動車《じどうしゃ》がとまったのと、ほとんど同時だったのですよ。すると、やっぱり、横浜《よこはま》から二十分ぐらいむこうの、森のように木のしげった、あの丘《おか》があやしい。どうやら、あそこに賊の本拠《ほんきょ》があるらしい。」

「しかし、そんな丘の上に、あんな大きなコンクリートの建物《たてもの》があるのでしょうか。」

園井《そのい》さんが、いぶかしそうにいいました。

「いや、そこがおもしろいところですよ。灰色《はいいろ》の巨人《きょじん》というやつは、いつでも、じつに奇《き》抜《ばつ》なことを考えます。その大きな建物の秘密《ひみつ》は、ぼくには、だいたいわかったように思われます。きっとそうです。じつに奇想天外《*きそうてんがい》です。あいつは、まるで魔術師《まじゅつし》みたいなやつです。

園井さん、ご安心《あんしん》ください。『にじの宝冠《ほうかん》』は、かならず、とりかえしてみせます。ぼくにはもう、賊のすみ家《か》がわかったのですからね。あいてが魔法使《まほうつか》いなら、こちらも魔法をつかうのです。そして敵《てき》の裏《うら》をかいて、あの怪物《かいぶつ》をあっといわせてお目にかけます。」

明智探偵《あけちたんてい》は、さも自信《じしん》ありげに、「にじの宝冠」とりかえしの約束《やくそく》をするのでした。

さて、そのあくる日の朝早く、横浜から五キロほどむこうの、あの小山のような森の中に、ひとりのみょうな男が、うろうろしていました。ジャンパーに、茶色《ちゃいろ》のズボン、鳥打《とりうち》帽《ぼう》をかぶり、黒いほそぶちのめがねをかけた、いなかから出てきた行商人《ぎょうしょうにん》といった風体《ふうてい》で

＊まったく思いもよらないほど風がわりなこと

す。四角い箱《はこ》のようなものをふろしきにつつんで、せなかにしょっています。その中には、*富山《とやま》の薬《くすり》なんか、はいっているのかもしれません。

その男は、道もない森の中を草をふみわけて、丘《おか》の上へのぼっていきましたが、道路《どうろ》から二百メートルものぼったところで、ちょっと立ちどまると、森の木のあいだから、むこうのほうをすかして見て、にっこり笑《わら》いました。

この行商人《ぎょうしょうにん》のような男は、じつは明智探偵《あけちたんてい》の変装姿《へんそうすがた》でした。むこうのほうを見て、にっこり笑ったのは、なぜでしょうか。そこには、いったい、なにがあったのでしょう。

巨人《きょじん》の正体《しょうたい》

園井《そのい》さんが「にじの宝冠《ほうかん》」とひきかえに、正一君《しょういちくん》をとりもどしたあくる日、園井さんの家へ、へんな男がたずねてきました。ジャンパーを着《き》て、鳥打帽《とりうちぼう》をかぶり、めがねをかけ、せなかにふろしきづつみをしょった、いなかの行商人みたいな男です。

お手つだいさんがあやしんで、ことわろうとすると、その男は、お手つだいさんの耳になにかささやきました。それを聞くと、お手つだいさんはびっくりしたような顔《かお》で、おくへはいっていきましたが、すると、園井さん自身《じしん》が玄関《げんかん》へ出てきて、へんな男を応接間《おうせつま》へ

＊富山の薬売りの人が全国各地をまわって売る薬

通しました。

「みごとな変装《へんそう》ですね。どう見ても、明智先生《あけちせんせい》とは思えませんよ。」

園井《そのい》さんは、感心《かんしん》したようにいいました。そのへんな男は、名探偵明智小五郎《めいたんていあけちこごろう》だったのです。そこへ正一君《しょういちくん》もやってきて、明智探偵《あけちたんてい》にあいさつしました。

「園井さん、あなたをよろこばせる、おみやげを持ってきました。」

明智はそういって、ふろしきづつみをひらき、黒ぬりの箱《はこ》をとりだして、そのふたをひらきました。すると、パッと目をいる、美しい光。

「や、それは『にじの宝冠《ほうかん》』じゃありませんか。」

園井さんが、びっくりして宝冠を手にとりました。

「ほんものです。きのう正一とひきかえに、賊《ぞく》にわたしてきた、ほんものの宝冠です。これをどうして明智さんが？」

「つい一時間ほど前、ぼくが賊のすみ家《か》にしのびこんで、そっと持ちだしてきたのです。かわりに、にせものの宝冠《ほうかん》をおいてきましたよ。よくできているので、とうぶんは、賊も気がつかないでしょう。」

明智が説明《せつめい》しました。

「えっ？　では、あなたは、賊のすみ家をつきとめられたのですか。」

「そうです。小林《こばやし》がよくはたらいてくれたのですよ。それで、警視庁《けいしちょう》の中村警部《なかむらけいぶ》や刑事諸君《けいじしょくん》といっしょに、賊《ぞく》のすみ家《か》へ、乗《の》りこむことになっています。」

明智《あけち》はそういって、「にじの宝冠《ほうかん》」を園井《そのい》さんにわたし、そのまいとまをつげて、警視庁へいそぐのでした。

それから二時間ほどのち、横浜《よこはま》から五キロほどむこうの、例《れい》の小山の森の中を、道路工事《どうろこうじ》をする人のようなかっこうをした七人の男が歩いていました。それは明智探偵《あけちたんてい》と、中村警部と、五人の刑事の変装姿《へんそうすがた》でした。明智が案内役《あんないやく》になって、これから賊のすみ家へ、乗りこもうとしているのです。

「明智君《あけちくん》、こんな山の中に、賊のこもるような建物《たてもの》があるのかね。見わたしたところ、家らしいものは一軒《けん》もないじゃないか。」

作業員姿《さぎょういんすがた》の中村警部が、ふしんらしくたずねました。

「灰色《はいいろ》の巨人《きょじん》という賊は、奇術師《きじゅつし》だよ。だから、ちょっと、ふつうの人には考えられないような、奇抜《きばつ》なことをやる。彼《かれ》らのすみ家も、じつに、奇抜な建物なのだ。」

おなじ作業員姿の明智が、にこにこ笑《わら》って答えました。

「建物といって、いったい、それはどこにあるんだい？」

「ここだよ、すぐ目の前に、立っているんだよ。」

「どこに、どこに？」

警部《けいぶ》はキョロキョロあたりを見まわしたが、どこにも、家らしいものはありません。

「ほら、あれだよ。むこうの木の上に、ニューッと頭を出して、灰色《はいいろ》の巨人《きょじん》がそびえているじゃないか。」

「えっ、灰色の巨人だって？」

「あまり大きすぎて、目にはいらないのだろう。あれだよ。あの大観音《だいかんのん》だよ。」

それはコンクリートでできた、高さ十数メートルの有名《ゆうめい》な観音さまの座像《ざぞう》でした。小山の上に建《た》てられ、森の木の上に、そびえているのです。

「観音さまなら、さっきから、見えすぎるほど、見えている。だが、あれは家ではないよ。人がすめないじゃないか。」

「ところが、すめるんだよ。あのコンクリートの仏像《ぶつぞう》の中は空洞《くうどう》になっているんだ。賊《ぞく》は地下道をほって、下からその空洞の中へ出《で》はいりしているんだ。そして、そこにりっぱな部屋《へや》をつくっているんだ。」

ああ、コンクリートの大仏《だいぶつ》の中をすみ家《か》にするとは、なんという、ふしぎな思いつきでしょう。中村警部《なかむらけいぶ》も、そばにいた刑事《けいじ》たちも、あっとおどろいてしまいました。コンクリートの大仏ならば、いかにも灰色の巨人にちがいありません。人間のあだ名だとばかり思って、大男などをさがしていたのですが、じつは賊《ぞく》のすみ家《か》の名前だったのです。

そのとき、明智《あけち》がむこうのほうを指《ゆび》さして、みょうなことをいいました。

「中村君《なかむらくん》、見たまえ。ほら、あすこの木の根《ね》もとの草が、ユラユラ動《うご》いている。」

みんなは、その木の根もとを見ますと、たしかに一か所《しょ》だけ、異様《いよう》に草がゆれています。モグラでもいるのでしょうか。いや、モグラにあれほどの力はありません。もっと大きな動物《どうぶつ》が、地下から土をおしあげているのです。

「みんな、木のかげにかくれて、あすこをよく見てください。」

明智はそういって、自分も大きな木の幹《みき》にかくれました。ほかの人たちも、それぞれ、木のかげにかくれました。

見ていますと、草の動きかたは、ますますはげしくなり、やがて、さしわたし五十センチほどの土が、草といっしょに持ちあげられ、その下に黒い穴《あな》ができました。そして、その穴の中から、ニューッと人間の顔《かお》が、あらわれたではありませんか。

その人間は、地面《じめん》から顔だけ出して、あたりを見まわしていましたが、だれもいないと思ったらしく、やがて、穴の外へ全身《ぜんしん》をあらわしました。セーターを着《き》て、大きな黒めがねをかけた、二十五、六の若者《わかもの》です。

「あいつは賊《ぞく》の手下《てした》だ。しばってくれたまえ。」

明智《あけち》がそっとささやきますと、中村警部《なかむらけいぶ》は、部下《ぶか》の刑事《けいじ》にあいずをしておいて、まっさきに、木のかげから飛《と》びだしていき、若者《わかもの》のほうへつかつかと近づくと、いきなりピストルを出して、「待てっ」とどなりつけました。

若者は、このふいうちにびっくりして、両手《りょうて》をあげて立ちどまりましたが、すると、ひとりの刑事が、うしろからとびついて、カチンと手錠《てじょう》をはめてしまいました。

「足をしばるんだ。それから、さるぐつわだ。」

警部の命令《めいれい》で、刑事は若者をおしたおして、*細引《ほそび》きで、その足をグルグルまきにしばりあげ、てぬぐいでさるぐつわをかませました。そして、若者のからだを、ゴロゴロころがして、木のしげみの中にかくしてしまいました。

「おどろいたね。あの中が、コンクリート大仏《だいぶつ》の体内への出入り口になっているんだね。」

中村警部がいいますと、明智はうなずいて、

「そうだよ。けさもこの穴《あな》から出てきたやつがある。ぼくはそいつをとらえて、その男の服《ふく》を着て賊《ぞく》の手下《てした》にばけて、賊のすみ家《か》へしのびこんだのだ。そして、にせの宝冠《ほうかん》とほんものの宝冠と、とりかえてきたんだ。そのときの賊の手下は、そのまま、ここの警察《けいさつ》の留《りゅう》置場《ちじょう》にほうりこんであるよ。

あの穴をはいると、せまいトンネルのような地下道が、大仏の下までつづいている。そ

＊麻で作ったじょうぶで細い縄《なわ》

こに広い部屋《へや》があって、賊《ぞく》の首領《しゅりょう》がいるんだ。長い白ひげをはやしたじいさんだよ。きみたちは、そいつをとらえてくれたまえ。部下《ぶか》もいっしょにつかまえるんだね。いま、あすこにいるのは、三人か四人ぐらいのものだ。ぼくは、ほかにちょっと仕事《しごと》があるので、ここでわかれるよ。」

「え、きみはどっかへ、いってしまうのか。」

警部《けいぶ》が、おどろいて聞きかえしました。

「うん、むろん灰色《はいいろ》の巨人《きょじん》にかんけいのある仕事だよ。それはね……」

明智《あけち》は警部の耳に、なにごとかささやきました。すると、警部は、いよいよおどろいた顔《かお》になって、

「ふうん、きみは、そこまでしらべたのか。いつもながら、ぬけめがないね。よし、それじゃ、ぼくたちは安心《あんしん》して賊を攻撃《こうげき》する。きみのほうも、しっかりやってくれ。」

ふたりは、ちょっとあくしゅをして、わかれました。そして、中村警部《なかむらけいぶ》と、五人の刑事《けいじ》は、地下道の穴《あな》の中へはいっていきました。その中には、土の階段《かいだん》があって、それをおりると、まっ暗《くら》な長い横穴《よこあな》がつづいています。立って歩けないほど、せまいトンネルです。人々は、せなかをかがめ、はうようにして、そこを進《すす》んでいきました。

黒い曲芸師《きょくげいし》

コンクリート大仏《だいぶつ》の体内の広い部屋《へや》には、まっ赤なガウンを着《き》て、大僧正《だいそうじょう》のような姿《すがた》をした白ひげの首領《しゅりょう》が、りっぱなイスにもたれて、洋酒《ようしゅ》をのんでいました。前のテーブルには、めずらしい西洋《せいよう》のお酒《さけ》のびんが、いくつもならべてあります。首領はそれを、つぎつぎとグラスについで、さもうまそうに、ちびりちびりとやっているのです。

首領は、グラスを口へ持っていこうとして、思わずその手をとめました。なにかへんな物音《ものおと》が、聞こえたからです。

その音は、部屋のすみにひらいている、地下道の入り口からのように思われたので、首領はぎょっとしてそのほうをふりむきました。すると、そこに、見も知らぬ道路《どうろ》の作業員《さぎょういん》のような男が六人、だまってつっ立っていたではありませんか。

「だれだっ。きみたちは、いったいなにものだっ。」

首領は立ちあがって、身《み》がまえながら、どなりつけました。

「警視庁《けいしちょう》のものだ。きみをむかえにきたのだ。」

中村警部《なかむらけいぶ》が、どなりかえすと、五人の刑事《けいじ》はすばやく、賊《ぞく》の首領のまわりをとりかこみました。

「警視庁《けいしちょう》からおむかえか。ははは……、そいつは、光栄《こうえい》のいたりだね。だが、おれになんのつみがあるというんだ。」

白ひげの首領《しゅりょう》は、落《お》ちつきはらっています。宝石《ほうせき》をちりばめた、まっ赤なガウンがキラキラひかって、なんだか近よりがたいような、りっぱな姿《すがた》です。

「灰色《はいいろ》の巨人《きょじん》の意味《いみ》が、わかったのだ。それをわれわれは、人間のあだ名だとばかり思っていたが、そうではなかった。ききまたち、悪者《わるもの》のすみ家《か》の名だった。このコンクリートの大仏《だいぶつ》は、たしかに灰色の巨人にちがいない。こんなへんなところにすんでいるだけでも、きさまは、警察《けいさつ》にひっぱられるねうちがある。まして、いま、世間《せけん》をさわがせている宝石どろぼうとわかっているのだから、もう、のがれることはできないぞ。見ろ、この部屋《へや》のガラスのケースの中の宝石は、みんな、きさまがぬすみだしたものばかりじゃないか。おとなしく手錠《てじょう》をうけろっ。」

中村警部《なかむらけいぶ》の目くばせで、ひとりの刑事《けいじ》が、つかつかと前にすすみ、首領に手錠をはめようとしました。

「待ってくれ。こうなったら、おれは、もうひきょうなまねはしない。だが、ちょっということがある。この二階《かい》に子どもがひとり、かくしてあるんだ。おれや部下《ぶか》がひっぱられると、その子どもがうえ死《じ》にする。子どもを助《たす》けだすあいだ、待ってくれ。」

首領《しゅりょう》は、みょうなことをいいだしました。

「うそつけ。子どもは、きのう、『にじの宝冠《ほうかん》』とひきかえに、園井《そのい》さんに返《かえ》したじゃないか。」

「いや、園井正一《そのいしょういち》じゃない。じつは、もうひとり、子どもをぬすみだしたんだ。その子どもが、秘密《ひみつ》の部屋《へや》にかくしてある。外からかぎがかけてあるから、おれたちがいなくなれば、子どもはうえ死にしてしまうのだ。」

「その秘密の部屋は、どこにあるのだ。」

「二階《かい》の天井《てんじょう》の上だ。そこは、おれでなければひらけないのだ。ひらきかたに秘密があるんだ。だから、きみたちは、おれについてきて、見はっていればいいだろう。けっして逃《に》げやしない。逃げようにも地下道のほかには、逃げ道がないじゃないか。」

「よし、それじゃ、二階へいくがいい。ぼくたちが、厳重《げんじゅう》に監視《かんし》する。」

中村警部《なかむらけいぶ》はそこで、刑事《けいじ》たちにさしずをしました。

「こちらはぼくと、もうひとりでいい。あとの四人は、そのへんにかくれている手下《てした》のやつらを、ひっくくってくれたまえ。」

四人の刑事は、ばらばらと四方にわかれて、家《や》さがしをはじめました。首領がつかまったのですから、部下《ぶか》たちはてむかいするものもありません。二階《かい》と下とにかくれていた四人の賊《ぞく》が、たちまちつかまってしまいました。

中村警部《なかむらけいぶ》と、ひとりの刑事《けいじ》とは、白ひげの首領《しゅりょう》といっしょに二階にあがりました。そこは、ふつうの二階ではありません。コンクリート大仏《だいぶつ》の内部《ないぶ》に板《いた》をはり、鉄《てつ》の階段《かいだん》をつけて、上と下の二つにわけただけで、二階の部屋《へや》は天井《てんじょう》が見あげるほど高く、上のほうはうす暗《ぐら》くて、はっきり見えません。それに、大仏の首から上の内側《うちがわ》は、ぐっとせまくなって、ほら穴《あな》のような感《かん》じです。

「秘密《ひみつ》の部屋は、どこにあるんだ。」

警部が聞きますと、首領《しゅりょう》は、そこの鉄ばしごを指《ゆび》さしました。それはコンクリートの壁《かべ》にそって、まっすぐにとりつけてある細いはしごで、大仏の肩《かた》と首のさかいめのへんまで、ズーッとつづいているのです。

「ここからは見えないが、あのはしごの上に秘密のドアがある。それは、おれでなければ、ひらくことができないのだ。きみたちは、このはしごの下で待っていてくれ。すぐに、おれが子どもをつれて、おりてくるから。」

首領はそういって、いきなり、はしごをのぼりはじめました。しらがのじいさんとは思えないすばやさです。中途《ちゅうと》までのぼると、足にまきつくガウンを、パッとぬぎすてました。

するとガウンは、まっ赤な大きな鳥《とり》のようにふわりと宙《ちゅう》にういて、警部《けいぶ》たちの前に落《お》ちてきました。

首領《しゅりょう》は、ガウンの下に、ぴったり身《み》についた黒ビロードのシャツと、ズボンを着《き》ていました。

まるでサーカスの曲芸師《きょくげいし》のようなかっこうです。それが、サルのように身がるに、まっすぐのはしごをのぼっていくようすは、とても老人《ろうじん》とは思われません。

はしごの下にいた刑事《けいじ》は、それを見て、なんだか心配《しんぱい》になってきました。

「あんな高いところに、秘密《ひみつ》の部屋《へや》があるなんて、うそじゃないでしょうか。あいつ、はしごをのぼってどこかへ逃《に》げるつもりじゃないでしょうか。」

刑事は中村警部《なかむらけいぶ》に、ささやきました。

「うん、そうかもしれない。なんだか、ようすがおかしい。ぼくらも、のぼってみよう。」

警部は、そう答えたかと思うと、すばやく、はしごにとびついていきました。そして、賊《ぞく》のあとを追《お》って、スルスルと、のぼりはじめたのです。刑事も、すぐそのあとにつづきました。

なかほどまでのぼって上を見ますと、はしごの頂上《ちょうじょう》に、なにか黒い穴《あな》のようなものが見えました。電灯《でんとう》が暗《くら》いので、はしごの下からは、よく見えなかったのです。

賊《ぞく》の首領《しゅりょう》は、その穴《あな》にむかって、まっしぐらにのぼっていきます。

「待てっ。きさま、逃《に》げるつもりだな。とまれっ、とまらぬとうつぞっ。」

警部《けいぶ》がピストルを出して、筒口《つつぐち》を上にむけて、さけびました。

そこまでのぼると、はしごの頂上《ちょうじょう》に、さしわたし六十センチほどの、丸い穴《あな》があいているることが、よくわかったからです。首領はその穴から、大仏《だいぶつ》の外側《そとがわ》へ、逃げだそうとしているのです。

警部がさけんでも、首領は、そしらぬ顔《かお》で、ますます速度《そくど》を速《はや》めてのぼっていきます。そして、とうとう、頂上までのぼりつき、穴のふちに手をかけました。

「待てっ。」

さけぶと同時に、警部はピストルを発射《はっしゃ》しました。しかし、ころすつもりはないので、わざと、まとをはずしたのです。

曲芸師《きょくげいし》のような、まっ黒な賊の姿《すがた》が、コンクリートの穴の外へ、パッと飛《と》びだしていきました。

その穴は、大仏の首のへんにあるのですから、地上数十メートルの高さです。もし、そこから飛びおりたとすれば、賊《ぞく》のいのちはありません。

彼《かれ》は、はたして、飛びおりたのでしょうか。それとも……。

天空《てんくう》の曲芸《きょくげい》

怪老人《かいろうじん》が、穴《あな》から外へ逃《に》げだしたときには、中村警部《なかむらけいぶ》は、まだ、はしごのなかほどにいたので、とても、あいてをつかまえることはできません。

天井《てんじょう》の小さな穴から、大仏像《だいぶつぞう》の肩《かた》の上に飛《と》びだした怪老人は、そこにはらばいになって、穴の外から手をいれて、鉄《てつ》ばしごのてっぺんが、コンクリートの壁《かべ》にとりつけてあるのをはずして、両手《りょうて》ではしごをユサユサとゆすぶりはじめました。

「あっ、あぶない。係長《かかりちょう》、はしごがたおれますよっ。」

下にいる刑事《けいじ》が、大声をたてました。

怪老人は、ひとゆりごとにはずみをつけて、はしごをつきはなそうとしています。

中村警部は、ふりおとされないように、両手ではしごにしがみついていましたが、だんだんはげしくゆれだして、はしごといっしょにたおれそうになるので、とうとう、中段《ちゅうだん》から下へとびおり、どさっとしりもちをつきました。

ほとんど、それと同時でした。長い鉄ばしごが、おそろしい音をたてて、サーッとたおれてしまったのです。

そのとき、天井《てんじょう》の穴《あな》から、怪老人《かいろうじん》の顔《かお》がのぞいて、白ひげの中の、まっ赤なくちびるが大きくひらき、勝ちほこったような笑《わら》い声《ごえ》がひびいてきました。

「ワハハハ……、ざまあみろ。子どもがかくしてあるなんて、でたらめだよ。ここが、おれの最後《さいご》の逃《に》げ道《みち》さ。これから、おれは天国へのぼるんだ。きみたちが、どんなにくやしがっても、ついてこられない。高い高い空へのぼるんだ。」

そして、老人の顔が、ぱっとひっこんだかと思うと、パタンと音がして、天井の穴が、まっ暗《くら》になってしまいました。外から、ふたをしめたのです。

そこは大観音像《だいかんのんぞう》の肩《かた》の上でした。怪老人は、コンクリートの大きな肩の上を、ヒョイヒョイと歩いて、仏像《ぶつぞう》の巨大《きょだい》な頭へと、よじのぼりはじめました。

観音さまの頭のかぶりものに、うねうねしたひだがあるので、それを足場《あしば》にしてのぼるのですが、垂直《すいちょく》のがけですから、まるで登山《とざん》のロッククライミングみたいなものです。よほど、冒険《ぼうけん》になれた人でなければ、のぼれるものではありません。

しかし、白ひげの怪老人は、まるで青年のようなすばやさで、そこをよじのぼり、とうとう、観音さまの頭のてっぺんに、あがってしまいました。

コンクリートの巨大な頭の上に、スックと立ちあがった怪人《かいじん》の姿《すがた》！

ぴったりと身《み》についた、黒のビロードのシャツとズボン、そのすらっとした姿が、なんのさえぎるものもない、広い広い青空の中に、立ちあがっているけしきは、じつに異様《いよう》な感《かん》じのものでした。

怪人《かいじん》は、両手《りょうて》を高くあげて、なにか、あいずのようなことをしました。そして、目の下に見える森をこして、そのむこうの広っぱのほうを、じっとながめています。

そこに賊《ぞく》のなかまが、かくれてでもいるのでしょうか。そのなかまにむかって、手をあげて、あいずをしたのでしょうか。

しばらくすると、森のむこうから、ブーンというかすかな音が、聞こえてきました。そして、そこから、大きなトンボみたいなものが、空中に浮《う》きあがってきたのです。それは、一台のヘリコプターでした。すきとおった、大きなまるい操縦席《そうじゅうせき》が、とほうもなくでっかい目玉のように、キラキラひかっています。

それを見ると、コンクリート仏《ぶつ》の頭の上の怪老人《かいろうじん》が、また、両手をあげて、あいずをしました。

ヘリコプターは、あおあおと晴れわたった空を、だんだん、こちらへ近づいてきます。

ヘリコプターの操縦席には、賊《ぞく》の部下《ぶか》が乗っているのにちがいありません。怪老人が、警官《けいかん》にとりかこまれてもへいきでいたのは、これがあったからです。ヘリコプターで逃《に》げだすという、最後《さいご》の切りふだが、ちゃんと用意《ようい》してあったからです。

しかし、怪老人《かいろうじん》は、いったいどうして、このヘリコプターに乗りこむのでしょう。ヘリコプターを、地上《ちじょう》へおろすことはできません。そこには警官隊《けいかんたい》が、待ちかまえているからです。仏像《ぶつぞう》の中の一階《かい》にのこった三人の刑事《けいじ》は、賊《ぞく》の部下《ぶか》をとらえてから、近くの警察署《けいさつしょ》へ、電話でことのしだいを知らせましたので、はやくも十数名の警官隊が、仏像のまわりにかけつけていたのです。

「ワーッ」というときの声が、はるか下のほうから、わきあがってきました。警官隊が、仏像の頭の上の怪老人にむかって、くちぐちに、なにかわめいているのです。

怪老人は、それを見おろして、白ひげの中のまっ赤な口を、いっぱいにひらいて、カラカラと笑《わら》いました。そして、右の手をひらいて、親指《おやゆび》を鼻《はな》のあたまにつけ、五本の指《ゆび》をヒラヒラと動《うご》かしてみせました。

「やーい、ざまをみろ。ここまで、のぼってこられないだろう！」

と、からかっているのです。

警官隊は、くやしいけれども、どうすることもできません。消防自動車《しょうぼうじどうしゃ》の、くり出しばしごがあれば、仏像の肩《かた》まで、とどくかもしれませんが、今から電話をかけにいったのでは、とてもまにあいません。ただ、下から「ワーッ、ワーッ」と、さわいでいるばかりです。

そのとき、ヘリコプターは、もう仏像《ぶつぞう》の頭の上にきていました。そして、そこの空中にとまってみょうなことをはじめたのです。

まるいすきとおった操縦席《そうじゅうせき》の出入り口がひらいて、そこから長い縄《なわ》ばしごが、サーッとおろされました。縄ばしごは、空中にブランブランとゆれています。

仏像の頭の上の怪老人《かいろうじん》は、そのほうに手をのばしましたが、なかなかとどきません。ヘリコプターは、空中で、すこしずつあちこちと動《うご》いて、老人に縄ばしごをつかませようとします。じつにあぶない曲芸《きょくげい》です。下から、それを見あげている警官《けいかん》たちは、思わず、手にあせをにぎりました。

あっ、あぶない！　あっ、もうすこしだっ！　いくら悪者《わるもの》でも、あの高いところから落ちたら、たいへんです。うまく、縄ばしごにつかまってくれるようにと、いのらないではいられませんでした。

あっ、うまくいったぞっ！

怪老人は、とうとう縄ばしごのはじにとりつきました。そして、それをのぼりはじめたのです。

長い縄ばしごは、ブランコのように、はげしくゆれています。高い空の上で、それをのぼるのは、サーカスの空中曲芸《くうちゅうきょくげい》よりも、むずかしくて、あぶないのです。

怪老人《かいろうじん》は、若《わか》い曲芸師《きょくげいし》のような、しっかりした身《み》のこなしで、縄《なわ》ばしごを一段《だん》ずつ、のぼっていきます。ブランブランゆれながら、のぼっていくのです。

ああ、よかった。とうとう、操縦席《そうじゅうせき》にたどりつきました。そこにいた若い操縦士《そうじゅうし》が、老人《ろうじん》の手をとって中にひきあげ、そのあとで、縄ばしごもひきあげてしまいました。

ヘリコプターは、きゅうに動《うご》きだし、東京《とうきょう》のほうにむかって、飛《と》びさっていきます。まるいすきとおった操縦席には、怪老人とその部下《ぶか》が、ならんでこしかけているのが見えました。しかし、その姿《すがた》も、ヘリコプターが遠ざかるにしたがって、だんだん小さくなり、見わけられなくなり、そして、しばらくすると、ヘリコプターそのものが、眼界《がんかい》から消《き》えさってしまいました。

怪人《かいじん》の最期《さいご》

ヘリコプターの操縦席では、怪老人と操縦士が、笑《わら》いながら話しあっていました。

「ワハハ、……警察《けいさつ》のやつらの、くやしがっているのが、豆《まめ》つぶのように見えるぞ。ざまをみろ。ワハハハ……。明智探偵《あけちたんてい》のやつ、灰色《はいいろ》の巨人《きょじん》の秘密《ひみつ》を、さぐりだしたのはいいが、おれをつかまえることができなかったじゃないか。さすがの名探偵《めいたんてい》さんも、ヘリコプターとは、気がつかなかったらしいね。」

怪老人《かいろうじん》がいいますと、部下《ぶか》の操縦士《そうじゅうし》も笑《わら》いだして、

「空中に逃《に》げるのは、首領《しゅりょう》のくせですからね。いつかは、デパートの屋上《おくじょう》から、アドバルーンで品川《しながわ》おきへ逃げだしたし、こんどはヘリコプターです。そこへ気がつかないとは、よっぽど、ぼんくら探偵《たんてい》ですよ。……しかし、ねえ、首領、あのたくさんの宝石《ほうせき》をのこしてきたのは、ざんねんです。首領がながいあいだにためこんだ宝石が、みんな警察《けいさつ》にとりあげられるんじゃありませんか。」

操縦士は、三十五、六歳《さい》のすばしっこそうな男でした。革《かわ》の飛行服《ひこうふく》を着《き》て、飛行めがねをかけ、その下から黒いチョビひげが見えていました。怪老人に、いちばん信用《しんよう》されている長野《ながの》という部下《ぶか》です。

「うん、それはざんねんだが、宝石まで持って逃げるよゆうがなかった。なあに、あれぐらいの宝石は、またすぐに、ぬすんでみせるよ。なんにしても、明智《あけち》のやつを、あっといわせたのがゆかいだ。あいつには、いつも、さいごにやられているからね。ところが、こんどは、そうはいかなかった。あいつ、さぞくやしがっているところだろうて。」

「いいきみですね。ところで、首領、明智はどこにいましたかね。首領をとらえにやってきた人数のなかに、明智がいましたかね。」

「いや、いなかった。それが、ちょっとふしぎなんだ。やってきたのは、中村警部《なかむらけいぶ》と五人の刑事《けいじ》だけだった。」

「へえ、そいつはおかしいですね。すると、あの探偵《たんてい》さんは、今ごろどこにいるんでしょう？　なんだか、うすきみがわるいですね。」

「うん、おれも、それがなんとなく、気がかりなんだよ。」

ヘリコプターは、町や村の上を通らないようにして、山づたいに、東京都《とうきょうと》の西のはじの奥多摩《おくたま》のほうにむかって、すすんでいました。目の下には、山々のこんもりしげった森と赤い地肌《じはだ》とが、まだらもようになって、小さく見えています。

「首領《しゅりょう》にうかがいますがね。デパートの屋上《おくじょう》からアドバルーンで逃《に》げだしてからあとの、首領のやりかたは、ひどくはでやかでしたね。宝石《ほうせき》を手にいれることよりも、腕《うで》まえを見せびらかすのが目的《もくてき》だったように見えますね。そのあいては、明智小五郎《あけちこごろう》だったのじゃありませんか。うらみかさなる明智のやつをあっといわせて、どうだ、こんどはおれが勝《か》ったぞと、いいたかったのではありませんか。」

部下《ぶか》がそうたずねますと、怪老人《かいろうじん》は深《ふか》くうなずいて、

「むろんだよ。宝石もほしかったが、明智をやっつけるのが、第一《だい》の目的だった。あいつは、おれの生涯《しょうがい》のかたきだからね。」

「へえ、そうですかい。しかしね、首領《しゅりょう》、明智《あけち》のほうでは、負《ま》けたとは思っていないかもしれませんぜ。首領は、うまく逃《に》げだしたと思っていても、明智は、首領をつかまえたと、考えているかもしれませんぜ。」

部下《ぶか》の長野《ながの》が、みょうなことをいいだしました。

「なんだって？　長野、きさま、どうしたんだ。へんなことをいうじゃないか。それはどういう意味《いみ》だ。もう一度《ど》いってみろ。」

怪老人《かいろうじん》は、ぎょっとしたように、長野の顔《かお》を見つめました。

「なんどでもいいますよ。明智は、ちゃんと首領をつかまえているんです。」

「ワハハ……、ばかなことをいうな。おれはこうして、明智の手のとどかない、空の上にいるじゃないか。どうして、つかまえることができる？」

「ところが、手がとどくかもしれないのです。ハハハ、……おい、二十面相《めんそう》！　それとも、四十面相といったほうが、お気にいるかね。もういいかげんに、そのしらがのカツラと、つけひげをとったらどうだね。そうすれば、ぼくも、素顔《すがお》を見せてやるよ。」

そういったかと思うと、部下の長野は左手で飛行帽《ひこうぼう》をぬぎ、口ひげをむしりとり、素顔を見せました。

「あっ、き、きさま、明智小五郎《あけちこごろう》だなっ。」

部下《ぶか》だとばかり思っていた男が明智探偵《あけちたんてい》だったと知って、怪老人《かいろうじん》はあっけにとられてしまいました。

「きみの部下の長野君《ながのくん》は、観音像《かんのんぞう》のむこうの森の中に、手足をしばられてころがっているよ。そうして、ぼくが入れかわったのさ。ヘリコプターの操縦《そうじゅう》ぐらい、ぼくだってこころえているからね。さあ、そのカツラを、とるんだっ。」

パッと明智の左手がのびて、となりにこしかけていた怪老人のカツラと、つけひげがむしりとられ、その下から、若々《わかわか》しい顔《かお》があらわれました。四十の顔を持つという男ですから、どれがほんとうの顔かわかりませんが、それは四十面相《めんそう》のひとつに、ちがいなかったのです。

正体《しょうたい》をあばかれた四十面相は、そうなるともう、ずぶとく落《お》ちついて、笑《わら》いだしさえしました。

「ウフフフ……、こいつは、おどろいた。さすがに名探偵《めいたんてい》だねえ。だが、どっちが勝《か》ったかということは、まだわからないぜ。ところで、きみはヘリコプターを操縦している。ハンドルから手をはなしたら、きみもおれもおだぶつだ。それにひきかえ、おれのほうは、両手《りょうて》が自由《じゆう》なんだからね。どうやら、こっちに、勝ちめがありそうだぜ。ほら、これだ。」

四十面相は笑いながら、ポケットから、ピストルをとりだして、明智のわきばらにさしつけました。

「ハハハ……、とうとう、とび道具《どうぐ》とおいでなすったね。きみは人殺《ひとごろ》しは、ぜったいにしないと、いばっていたじゃないか。だから、きみはピストルはうてないのだ。うっても、たまのほうで、えんりょしてとび出さないのだ。ハハハ……、よくそのピストルをしらべてごらん。たまがはいっているかね。」

四十面相《めんそう》は、それを聞くと、ハッとして青くなりました。いそいでピストルをしらべましたが、どうしたわけか、たまは一発《ぱつ》も、はいっていないことがわかりました。

「ハハハ……、どうだね。ぼくは、けさ早くきみのもうひとりの部下《ぶか》にばけて、仏像《ぶつぞう》の体内へはいっていった。そして、『にじの宝冠《ほうかん》』を、にせものととりかえたんだが、その前に、きみと話しているあいだに、きみのポケットから、そっとピストルをぬきとって、たまをすっかりとりだしてしまった。きみは、そのからっぽのピストルを、今まで、だいじそうに、持っていたのだよ。ハハハ……。」

それを聞くと、四十面相はくやしそうに歯《は》がみをして、ピストルを足もとへたたきつけました。

「こんどは、ぼくの番《ばん》だよ。さあ、しずかにしたまえ。」

明智《あけち》が、ピストルをとりだして、ぎゃくに、四十面相につきつけるのでした。

すると、そのとき、ふたりのうしろにおいてあった、カーキ色のきれでつつんだものが、ムクムクと動《うご》きだして、中から、かわいらしい少年の顔《かお》があらわれました。四十面相《めんそう》は、なにか機械《きかい》がつつんであるのだろうと、気にもとめなかったのですが、じつは、そこに小林少年《こばやししょうねん》がかくれていたのです。

小林少年は、かぶっていたきれをはねのけると、用意《ようい》していたはりがねを大きな輪《わ》にして、パッと四十面相の頭の上からかぶせ、それをぐっとひきしめて、両手《りょうて》を動かせないようにしてしまいました。

四十面相は、すっかりゆだんしていたので、この、うしろからの攻撃《こうげき》には、なんの手むかいもできず、まんまと両手をしばられてしまいました。小林少年は、リスのように、すばしっこく働《はたら》いて、つぎつぎと、はりがねをとりだし、あっというまに、四十面相の両方《りょうほう》の足くびをしばり、ひざをしばり、まったく身《み》うごきができないようにしてしまいました。

これが怪人《かいじん》四十面相《めんそう》の最期《さいご》でした。あとは、彼《かれ》を警察《けいさつ》にひきわたせばよいのです。

ヘリコプターは、にわかに方向をかえて、東京《とうきょう》の町にむかいました。そして、四十分もたたないうちに、品川駅《しながわえき》が目の下に見えてきました。それから、新橋駅《しんばしえき》、東京駅《とうきょうえき》、日比谷《ひびや》公園《こうえん》、警視庁《けいしちょう》。

ヘリコプターは、警視庁《けいしちょう》の上空を、グルグルとせんかいしながら、だんだん高度《こうど》をひくめていきました。警視庁の屋上《おくじょう》の中庭《なかにわ》に、たくさんの警官《けいかん》が出て、ヘリコプターを見あげています。「四十面相《めんそう》を逮捕《たいほ》した。このヘリコプターは、警視庁の中庭に着陸《ちゃくりく》する。明智《あけち》小五郎《こごろう》」と書いた紙を、プラスチックの筒《つつ》に入れて、なげおろしたからです。

ヘリコプターは、いくども、せんかいをつづけたあとで、しずかに、中庭に着陸しました。それを見ると、何十人という警官《けいかん》が、四方からかけよって、ヘリコプターをとりかこみました。

怪人《かいじん》四十面相《めんそう》が、ぶじに警官の手にひきわたされたことは、いうまでもありません。そして、あくる日の新聞に、明智探偵《あけちたんてい》と小林少年《こばやししょうねん》の写真《しゃしん》が大きくのって、そのてがら話が書きたてられたことも、これまでのいろいろな事件《じけん》のときと同じでした。

解説

ぼ・ぼ・ぼくらは少年探偵団《しょうねんたんていだん》

砂《すな》田《だ》　弘《ひろし》
（児童文学作家）

みなさんは「少年探偵団《しょうねんたんていだん》」の歌を聞いたことはありませんか。こんな歌です。

ぼ・ぼ・ぼくらは少年探偵団
勇気りんりん　るりの色
望みに燃える　呼び声は
朝焼《あさや》け空《ぞら》に　こだまする
ぼ・ぼ・ぼくらは少年探偵団

一九五六（昭和三十一）年から五七年にかけて、ニッポン放送が制作した人気ラジオドラマ「少年探偵団」のテーマソングです。このころ、すでにテレビ放送も始まっていましたが、テレビのある家はごくわずかで、まだラジオの全盛時代《ぜんせいじだい》でした。

放送時間は、土曜・日曜を除《のぞ》いて、毎夜六時十五分から三十分までの十五分間。この時間になると、どこの家でも、子どもたちはラジオの前に集まり、ハラハラドキドキしながら、ラジオに耳をかたむけました。このドラマを聞いたのがきっかけで、「少年探偵《しょうねんたんてい》」シリーズを愛読《あいどく》するようになった少年少女もおおぜいいます。

テーマソングも大ヒットしました。「ぼ・ぼ・ぼくらは少年探偵団《しょうねんたんていだん》」というテンポのいい歌い出しが、子どもたちの心をとらえたのです。町でも村でも、日本のいたるところで、子どもたちの「少年探偵団」の歌声が聞こえたものです。

ラジオドラマ「少年探偵団」は、「怪人《かいじん》二十面相《めんそう》」から始まって「サーカスの怪人《かいじん》」まで全部で十八話。一話は二十五回で終わるのがふつうでしたが、第十一話の「灰色《はいいろ》の巨《きょ》人《じん》」だけは三十五回も続きました。ほかの話にくらべて、登場人物《とうじょうじんぶつ》も多く、ストーリーも入り組んでいたからです。

サーカスの少女が変装したというコマイヌ

『灰色の巨人』は、一九五五（昭和三十）年の一月から十二月まで「少年クラブ」（講談社発行）に連載《れんさい》されました。「少年クラブ」は、太平洋戦《たいへいようせん》争前《そうまえ》は「少年倶楽部《しょうねんくらぶ》」といい、「少年探偵」シリーズの第一作『怪人二十面相』から第四作『大《だい》金塊《きんかい》』まではこの雑誌《ざっし》に連載されました。

太平洋戦争後《たいへいようせんそうご》のシリーズは、すべて「少年」（光文社発行）に連載《れんさい》されていましたから、乱歩《らんぽ》は十六年ぶりに「少年クラブ」に書くことになったのです。それとともに、それまでの一年一作のペースがくずれ、一年に二作、ときには三作書くようになります。

さて、この物語の主人公は、高価《こうか》な宝石をつけねらう灰色の巨人。それを追いつめるのは明智小五郎《あけちこごろう》と少年探偵団《しょうねんたんていだん》、そして警視庁《けいしちょう》の中村警部《なかむらけいぶ》たち。わたしたちにはおなじみのメンバーです。

灰色の巨人とは、いったい何者なのか。その正体は、やはり二十面相《めんそう》なのか。そのナゾは結末近くになって解《と》き明《あ》かされますが、読者はあっと驚《おどろ》かされることになります。戦後の「少年クラブ」に連載する第一作だったので、これまでとは違《ちが》うプロット（物語のしくみ）を考えたのでしょう。

物語のおもな舞台《ぶたい》はサーカス小屋です。乱歩はサーカスが大好きだったので、大人向けのミステリーにはサーカスがよく出てきますが、「少年探偵」シリーズにサーカスが登場するのは、この『灰色の巨人《はいいろのきょじん》』が最初です。

一九五〇年代ころの日本には、サーカス団が数多くあり、空《あ》き地《ち》にテントをはって公演《こうえん》が行われ、子どもたちも気軽《きがる》に見物に出かけていました。サーカスを一度も見たことのない子どもはいないなかったくらいです。

現在のサーカスと同じように、空中ブランコや綱《つな》わたり、動物を使った曲芸《きょくげい》などのショーが人気の的《まと》でした。しかし、その一方で、ここに出てくるような大男や小さい男を半分見世物《みせもの》として出演させるサーカスもありました。ですから、明るい現在のサーカスとは違《ちが》い、昔のサーカスにはどことなく暗いところがありました。

明智探偵《あけちたんてい》は二十面相《めんそう》に負けない変装《へんそう》の名人ですが、この物語では、みごとくず屋《や》さんになりすまします。現在ではすっかり見られなくなりましたが、この物語が書かれたころは、「くずーい、おはらい」と歌うように言いながら、町から町を一軒《けん》一軒たずねまわるくず屋さんの姿をよく見かけたものです。

くず屋さんは、古新聞や古雑誌《ふるざっし》、古い着物や古い道具など、家庭でいらなくなった物をなんでも買い上げてくれました。そのころはまだ、あらゆる品物が不足していた時代でしたから、新聞や雑誌は袋《ふくろ》にしたり、古い着物や古い道具はほしい人に売ったりすることで、買い上げられた物のほとんどは、二度も三度も利用《りよう》されていました。つまり、くず屋さんはリサイクルというたいせつな仕事を受けもっていたのです。

このように、ここにえがかれているのは、四十年以上も昔の日本です。しかし、明智小《あけちこ》五郎《ごろう》や少年探偵団《しょうねんたんていだん》の活躍《かつやく》ぶりは生き生きとしていて、昔を感じさせません。「少年探偵」シリーズの最大の魅力《みりょく》はそこにあるのです。

編集方針について

現代の読者に親しんでいただけるよう、次のような方針で編集いたしました。

一　第二次世界大戦前の作品については、旧仮名づかいを現代仮名づかいに改めました。

二　漢字の中で、少年少女の読者にむずかしいと思われるものは、ひらがなに改めました。

三　少年少女の読者には理解しにくい事柄や単語については、各ページの欄外に注（説明文）をつけました。

四　原作を重んじて編集しましたが、身体障害や職業にかかわる不適切な表現については、一部表現を変えたり、けずったりしたところがあります。

五　『少年探偵・江戸川乱歩全集』（ポプラ社刊）をもとに、作品が掲載された雑誌の文章とも照らし合わせて、できるだけ発表当時の作品が理解できるように心がけました。

以上の事柄は、著作権継承者である平井隆太郎氏のご了承を得ました。

ポプラ社編集部

編集委員・平井隆太郎　砂田弘　秋山憲司

本書は1998年12月ポプラ社から刊行
された作品を文庫版にしたものです。

文庫版 少年探偵・江戸川乱歩　第11巻

灰色《はいいろ》の巨人《きょじん》
発行　2005年2月　第1刷
　　　2018年10月　第12刷
作家　江戸川乱歩《えどがわらんぽ》
装丁　藤田新策《ふじたしんさく》
画家　佐竹美保《さたけみほ》
発行者　長谷川 均
発行所　株式会社ポプラ社
東京都千代田区麹町4-2-6　8・9F　〒102-8519
TEL　03-5877-8108（編集）
　　　03-5877-8109（営業）
ホームページ　www.poplar.co.jp
印刷・製本　図書印刷株式会社

*N.D.C.*913　178p　18cm　ISBN978-4-591-08422-9

P8005011

文庫版　少年探偵・江戸川乱歩　全26巻

怪人二十面相と名探偵明智小五郎、少年探偵団との息づまる推理対決！

1 怪人二十面相
2 少年探偵団
3 妖怪博士
4 大金塊
5 青銅の魔人
6 地底の魔術王
7 透明怪人
8 怪奇四十面相
9 宇宙怪人
10 鉄塔王国の恐怖
11 灰色の巨人
12 海底の魔術師
13 黄金豹
14 魔法博士
15 サーカスの怪人
16 魔人ゴング
17 魔法人形
18 奇面城の秘密
19 夜光人間
20 塔上の奇術師
21 鉄人Q
22 仮面の恐怖王
23 電人M
24 二十面相の呪い
25 空飛ぶ二十面相
26 黄金の怪獣